SHANGHAI LITERATURE & ART PUBLISHING GROUP

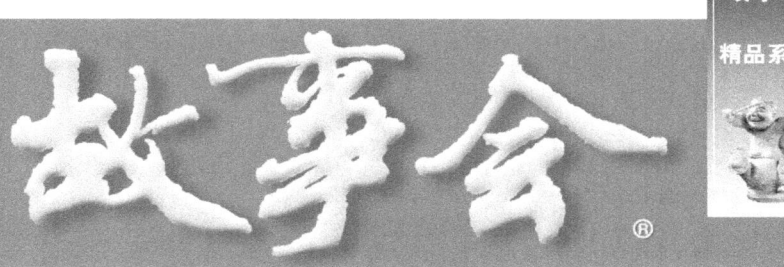

故事会
精品系列

故事会 ®

喜剧故事

I0517147

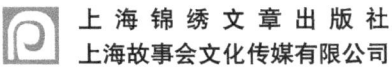
上海锦绣文章出版社
上海故事会文化传媒有限公司

上海文艺出版（集团）有限公司

图书在版编目（CIP）数据

喜剧故事 《故事会》编辑部编 - 上海：上海锦绣文章出版社
（故事会精品系列） ISBN 978-7-5321-2480-0
Ⅰ．①喜…Ⅱ．①故…Ⅲ．①故事 作品集 中国 当代 Ⅳ .I247.8
中国版本图书馆 CIP 数据核字 (2002) 第 100423 号

丛 书 名：故事会精品系列

书　　名：喜剧故事

主　　编：何承伟

编　　委：何承伟　　吴　伦　　姚自豪　　夏一鸣

责任编辑：刘迎曦　鲍　放

装帧设计：王　伟

责任督印：张　凯

出　　　　版：　上海锦绣文章出版社

　　　　　　　　上海故事会文化传媒有限公司

POD 海外发行：　中国图书进出口上海公司

　　　　　　　　电话：021-36357888

　　　　　　　　传真：021-36357896

　　　　　　　　地址：上海市虹口区广中路 88 号

　　　　　　　　邮编：200083

目　　录

谐　趣　篇

人类几乎是普遍地爱好谐趣，是自然界唯一的会开玩笑的生物。

老鼠戴白帽

　　有一对老夫妻,素以慈悲为怀,走路都怕踩死蚂蚁。

　　可是,赶上这年头儿老鼠多,大家都行动起来打老鼠,唯独这对老人大发慈悲,无动于衷,于是四邻的老鼠都到这家避难来了。

　　大年三十晚上,老两口钻进被窝正要睡觉,老婆子突然惊叫起来:"老头子,快看,咱家出稀罕事啦!"

　　老头儿急忙爬起来,问道:"啥事?"

　　老婆子用手一指:"那不,老鼠都戴上白帽啦!"

　　老头儿一看,成群的老鼠一个个戴着白帽子,在房里乱窜。

　　老两口看得眼泪都快掉下来了。

　　老婆子看了一会儿,心中不禁伤感起来:"唉,老鼠也是命呀,为啥都要斩尽杀绝呢?"

老头儿说:"这兴许是跟人学的,被打死的老鼠太多了,它们可能要为死者举行祭奠仪式哩。"

老婆子不觉掉下泪来,泣声道:"看来老鼠也通人性啊,这不是造孽吗!"

为这事,老两口一夜都没睡安稳。

第二天是大年初一,老两口被鞭炮声从悲悲切切的梦中惊醒,起来一看,不觉惊呆了——昨晚包好的饺子一个也不见了。

想了半天,才恍然大悟:哪里是什么老鼠戴白帽,饺子全顶在它们头上哪!

(马怀珠)

实在是高

办公室赵主任上班来刚沏好一杯浓茶,忽然电话通知他马上到劳资科去一趟。

劳资科传唤,那一定是涨工资的事,同室的同志们都开玩笑地说:"涨工资要请客哟。"

赵主任高兴地答道:"那当然,那当然。"

老赵一踏进劳资科,劳资科长非常严肃地对他说:"你的退休年龄到啦……"

一听这话,老赵血压骤然上升,忙申辩:"我……还不到年龄呢,不信你可以查档案……"

说来也真荒唐,从档案中竟然查出老赵十个不同的出生日,最早的是 1933 年,最晚的是 1943 年,而且年月日各不相同。

这到底应该按哪个算呢?

老赵笑着递给劳资科长一支香烟,说:"我按 43 年那个算吧。"

劳资科长绷着脸教训道:"老赵哇,你是怎么搞的,这档案里的东西可都是你自己填写的,怎么连自己的生日也搞不清啦?"

老赵说:"哎哟……我的科长大人哟,你不知道我是个苦出身嘛,参加革命时还穿着开裆裤呢,怕人家不要,只有往大了填呀!"

劳资科长问道:"那后来为什么又往小了填呢?"

"'文革'中,送工农兵进大学深造,超过 40 岁的人不准报名,所以就只得往小了填呗。"

劳资科长望着老赵那着急的样子,忍不住笑了起来,他又追问:"那后来几种不同的出生日又是怎么回事呢?"

老赵把椅子往劳资科长跟前拉了拉,又递过一支香烟,说:"咱们都是多少年的老朋友了,今天我把实话都告诉你。咱是天知地知你知我知,可不好对别人乱讲啊。"

劳资科长倒了杯茶递给老赵,说:"喝点水,慢慢讲。"

赵主任未曾开言自己忍不住先笑了起来:"说起来也真可笑,我结婚的时候才 13 岁,老婆比我大 6 岁,为开结婚证,就把年龄往前提了 5 岁;还有一次,你记得那一年咱们一块提升吧? 当时我听人讲,内部有规定,超过 50 岁的人就一律不准再提拔了,所以我就把年龄又往小少报了几岁。听说那次你不是也……"

说到这,两人不约而同地大笑起来。

他们越说越热乎。

说着说着,劳资科长忽然眉头一皱,计上心来,他猛一拍桌子,说:"我想出一个好办法,这样做,我觉得比较科学合理……"

老赵忙问:"什么好办法,快说说看。"说着又为他点燃了一支烟。

　　劳资科长深深地吸了一口,又慢慢地将烟吐出,说:"咱们可以采用电视大奖赛的评奖办法。你不是有十个出生日吗? 咱们去掉一个最高年龄,再去掉一个最低年龄,然后再除以8,得出来的,就是你的退休年龄!"

　　老赵双手竖起大拇指,连连称赞:"高,实在是高!"

(郝荫柏)

奇怪的病

　　五里村村民何宗德，四十岁年纪，本是个身强体壮的庄稼汉子，可谁知上个月突然得了一种怪病，双腿麻木，一步挪不了半寸，还得人搀扶，一到风雨天，更胀疼难忍，要死要活。跑了附近几个医院，得出结论：风湿腿疼。有病就治呗！可是不管服药、针灸、贴膏药，还是推穴拿脉、拔罐子、电疗，都不见好转，一家子急得够呛，上有老下有小，这日子可怎么过？

　　有人说，还是到大医院去看看吧。于是，何宗德便在妻子陪同下，沧州、保定、天津、北京兜了个大圈子，钱倒是花了不少，腿却一点不见好，不由得心灰意冷，决定回家后不再治了，认啦！

　　何宗德两口子从北京坐长途汽车回家，中途停了车，司机说："大伙下车方便方便吧！"车上人"哗啦"下去了一大半。何宗德也想方便,就让妻子扶着下了车。公路边的一个简易茅房里挤满了乘客,等到没人了,妻子才把何宗德扶进去蹲下。

妻子在外面等着,好容易等何宗德拉完屎,别人都已上了车,妻子却也要方便,何宗德只好催妻子快点,自己在外面焦急地候着。正等着,却听"嘟嘟"汽车一响,何宗德扭头一看,自己坐的那辆客车向前开走了。何宗德急得脸色都变了,一边喊:"等等,等等!"一边拔腿就追。他能不急吗? 自家装钱装物的两个包还在车上呢!

可是眼看车子在前面越开越快,追了半里地也没追上,何宗德又气又急,蹲在那儿直掉泪。这时,妻子气喘吁吁地赶上来,问:"你跑什么呀?"何宗德没好气地冲着妻子喊:"咱坐的车开走了。"妻子回头一指说:"谁说的,那不是咱的车嘛!"

何宗德一看,可不是! 自己坐的车正慢悠悠地尾随而来,停在两人身旁。原来,刚才何宗德心里一急,眼睛一花,把别的车当成自己坐的车啦!

等上了车,邻座的一个年轻小伙子说了句话,把夫妻两人吓了一跳:"喂,老头,你不是腿不好使吗? 怎么刚才跑起来比兔子还快?"

何宗德瞪大眼珠子,倒吸了一口冷气:可不是嘛,怎么回事?

妻子恍然大悟,说:"他爹,你活动活动!"

何宗德连忙抬抬腿,好使;又在过道上快步走了个来回,好使;干脆小跑几步,仍然好使! 喜得他抱着脑袋又哭又笑:"我的腿好啦!"

不打针,不吃药,一追汽车病就好,你说蹊跷不蹊跷?

（郭文甫）

张老憨打针

　　张老憨得了感冒，到医院去治疗。医生给他开出了处方：打针三天，每天两次，每次一针。

　　这天，张老憨又去医院打针。门诊部里打针的人特别多。张老憨等得不耐烦了，就四处逛了起来，不知不觉走到护士值班室，他听见里面有人说话，就缩着脖子从门缝往里看。

　　里面站了一排非常年轻的女护士，每个人胸前都挂着个塑料牌，上面写着三个大字：实习生。一个老护士站在前面，正指手画脚地和她们说着话。

　　张老憨侧耳细听，只听老护士说："同学们，今天来打针的病人特别多，这是一个好机会，我们就在今天进行注射考试，大家逐个给病人打针，我给你们打分。大家不要紧张，我再说几点注意事项……"

张老憨听着听着，头上就冒出了冷汗。他想：乖乖，让实习护士在自己身上考试，多危险。疼不说，遇上个紧张手哆嗦的，搞不好针头都要折在屁股里，那可有生命危险……

张老憨正胡思乱想时，门"吱"地一声开了。他慌忙弯下腰装着系鞋带，眼睛的余光看着那个老护士带着这群实习学生鱼贯而出，一个个走进注射室里去了。

张老憨同情地望着那些不知内情、还傻乎乎地等着打针的人，心想：他们一会儿就得被人家当"考试"的试验品了，真可怜。他想：我可不想当傻子。但针不能不打，怎么办？对了，干脆我先出去逛逛，等她们考完试再说。

张老憨主意一定，心情也开朗起来，哼着小曲儿走出了医院。等他看完一场电影，再次走进医院的时候，注射室外已经空空荡荡没有一个人了。

张老憨刚想推门进去，可转念一想，不行，不知她们考试完了没有，先看看形势再说，于是，他探头探脑地往注射室里瞅。只见里面就剩下那个老护士和另一个医生在说话。

只听那个老护士说："全考完了，只是成绩不太好。现在的年轻人，做什么事都不专心，把病人疼得直叫。还有的学生真笨，连针头都快折在病人的屁股里了……"

张老憨暗自庆幸，要不是自己听到了"天机"，恐怕现在都起不了床了。这真是吉人自有天相呀！

张老憨越想越美，他直起身，推开注射室的门，大声说："护士，打针。"

老护士一看张老憨，顿时兴高采烈地说："就等你了。"

张老憨一愣：这话什么意思？

老护士往里屋一挥手，说："刚才考试不及格的同学都出来吧，现在补考。"张老憨一听，顿时厥倒……　　　　（文　华）

老哈摔壶

　　老哈的女儿在大城市工作,老哈过生日那天,孝顺女儿特意给他买了个宜兴紫砂壶。

　　老哈对这个紫砂壶爱如至宝,每日都要泡上一壶茶,特别是夏天,干了一天的农活,回到家中拿起那个紫砂壶,饮上几口清茶,哈哈,真是舒坦极了。

　　这天晚上,老哈睡觉之前,把紫砂壶放在床头的桌子上,伸手关灯,一不小心把壶盖碰到地上,只听"叭"地一声,老哈"啊呀"一下,翻身坐起来,愣了好半天,才自我安慰说:"算了,明早再配个盖子,不就得了?"

　　忽而他又转念一想:宜兴离咱十万八千里,到哪儿去配呀!现在壶盖既已摔碎了,要壶身又有什么用? 想到此,他推开窗子,用力把紫砂壶扔到窗外。

这一晚,老哈怎么睡怎么不是滋味。

第二天早上老哈起床,穿起鞋子,猛地发现鞋上面正是那个紫砂壶盖,原来壶盖碰巧落在鞋上,根本没有摔碎。

这下子,老哈肠子都悔青了。想想虽然壶盖并没有摔坏,但是壶身已经没有了,留着壶盖又有何用呢? 他一气之下又把壶盖砸了个粉碎。

吃过早饭,老哈扛着锄头下地去干农活,走到自家房子后面,看到自己的紫砂壶正好好地挂在屋后的一棵树枝上,风吹过晃晃悠悠的。

老哈真有点看不懂了,摇摇头,憋了好一阵子,才自言自语地说:"哈哈,看这事巧的,真是气死我了!"

(杨　柳　整理)

半斤七两

　　石桥镇火腿肠加工厂厂长春旺这几天愁得饭吃不香,觉睡不实。为啥?厂子投产一个月,竟然短缺一万多元,吓得他差点把尿撒在裤裆里。查来查去,车间里没有发现被盗的痕迹,库房成品和保管员的记录完全一致,厂里所有账目、现金笔笔清楚。毛病出在哪里呢?

　　整整一个星期,春旺和副厂长老张一天十几次地在厂里转悠,也没捉到一点蛛丝马迹,整个厂子里,就差没装监控器了。

　　一个星期下来,查不出一点名堂,可财务一核账,又短少了几百元钱。不得了,春旺急出一身冷汗。

　　这天上班时,春旺正和老张在办公室商量如何进一步查漏洞的事,忽然"嘀铃铃"一阵电话铃响,春旺拿过话筒一听,是镇工商所打来的。只听电话那头一阵笑声："春旺哪,你这个当厂长的不得了哇,居然想出这种促销办法,半斤装七两。啧啧,难怪评'质量信得过单位',人家都要投你们的票……"

春旺一时听得云里雾里的,吃不准是怎么回事,他朝电话里直喊:"什么,你说什么'半斤装七两'?"

"你春旺居然也会装糊涂啦?"电话那头依然笑声不止,"标明半斤一袋的火腿肠,你们实实足足装了七两。为了创牌子,舍得做赔本的生意,你们真是有魄力,有魄力啊!"

春旺一听如此解释,方才恍然大悟,气得"啪"挂上电话,直朝厂部东头库房冲去。

库房里,负责给火腿肠打包的是他的表哥春顺父子俩。当初春旺回乡办厂,是他们父子俩第一个报的名,儿子春牛虽说有点憨,父子俩平时大字不识几个,平时少言寡语的,但做事却从不偷懒。春旺怎么也不会想到,毛病会出在他们身上。

春旺"啪"把一袋七两重的火腿肠扔在他们面前:"说,为什么明明半斤一袋的东西,要给我多装二两?你们知不知道这么做的后果?"

"你——你——"春顺眨巴着眼睛辩解说,"你春旺可不能把我们的好心当成驴肝肺哪!我们明明每袋多给你赚出一两,你怎么反而说我们每袋多装二两呢?哼,你可别当了厂长不认人哪!要不是看你当初铁心从省城回来办厂,领我们走致富道路,我们才不会替你干这种事哩!"

怪了!明明是你们做错的事,居然还振振有词?春旺板着脸说:"你不要嘴硬,你给我算,怎么每袋多赚了一两?看你们平时闷声不响,竟然给我玩这种花样,什么意思?"

春顺哆嗦着嘴,委屈地嘀咕道:"谁不知道半斤就是八两,装成七两,这一两不是给你赚下来了?"

春旺一听,气得要吐血,吼道:"谁教你们半斤是八两?半斤就是半斤,二百五十克,是五两!"

春顺摇摇头,十分在理地说:"你春旺不也是从小吃石桥镇的饭长大的吗?咱镇上自古到今认的就是半斤八两,虽说我们父子两代人没读过什么书,可半斤是八两,这难不倒我们。不信,你去看看我们家那杆祖传的老秤,一斤十六两,半斤不就是八两?"

春顺还想说下去,春牛在旁边打住老爷子的话头,不平地说:"镇上人都说我们父子是半斤八两,从来没听说还有半斤五两的说法!"

这真是秀才遇上兵,有理说不清。

看着眼前这对活宝,春旺哭笑不得。他突然意识到,一个严峻的课题,正摆在他和全厂职工的面前:厂里经济要上去,不提高职工的综合素质怎么行?

抬头望蓝天,他心里感叹:接下去要做的事,真是很多很多啊!

(耿至柔)

远方的陷阱

北方机械厂有一笔上百万元的货款,被南方的一家纺织厂长期拖欠。由于两家是长期业务单位,南方纺织厂也没有说不还,债虽难讨,却拉不下脸来对簿公堂。

两家厂远隔数千里,一趟趟登门"挤牙膏",实在划不来,机械厂领导便想出个招数,派了一个职工长期"泡"在那家纺织厂,专门催要。

那职工是个无牵无挂的光棍小伙子,住在对方厂对面的小旅馆里,每天除了往厂里跑跑转转,就再也没多大事情。厂里女工多,他闲着无聊时常插手帮着干点活儿,逗逗乐儿解解闷,天长日久混熟了,不知啥时,他就跟其中一个姑娘好得谁也离不开谁了。

　　纺织厂领导看在眼里,记在心上,为成人之美,特意给了他们一间屋子作新房,还送了一套挺漂亮的家具。小伙子心眼很活,为了能把这甜甜蜜蜜的日子过下去,催款也不像以前那么起劲了,索性来个"细水长流"。

　　得知那职工被"温柔"后,机械厂领导哭笑不得,决定重新派人去。消息传开,好几个大龄青年争先恐后找到厂长,拍着胸脯,软缠硬磨,要求担当此任。

　　"你们?"厂长没好气地瞪了他们几眼,嘴上没说,心里却在嘀咕:"哼,我看你们谁都靠不住。"而后,厂长转身拍了拍老实巴交的门卫:"我看,就你去吧。"

　　门卫是个快五十岁的汉子,早已有了老婆孩子,而且处事耐心,工作负责。他接任之后,催款效率果然明显提高,使得厂里大为振奋。却不料半年工夫竟又重蹈覆辙,门卫竟跟对方厂里一个寡妇粘上了,并寄回诉状要办离婚。那厂里还专门辟出一间街面房,让他和那寡妇红红火火开了家"南北风味小吃店"。

　　小小乡办厂如何经得起长期拖欠?眼看厂里就要揭不开锅了,厂长又急又恼,气得一拍桌子:"他娘的,我亲自去!"

　　事不宜迟,厂长随即召来有关人员交代工作,准备马上动身。正在这时候,办公室的门"砰"一声被踹开,厂长老婆气急败坏地闯了进来,一把揪住厂长,又哭又闹,撒起泼来:"好你个没良心的,你想把我也甩了呀?老娘我跟你拼了!"

(叶林生)

邻家的兔子

　　这天,大军正在打扫院子,突然发现自家养的那条爱狗"阿黄"从邻家的篱笆洞里窜出来,嘴里叼着一团毛茸茸的东西。

　　大军定睛一看,大吃一惊:哇,阿黄嘴里叼的不是别的,而是邻家小女孩养的白兔!大军经常看到小女孩蹦蹦跳跳地从学校放学回来,扔下书包就喂兔子,和它玩耍……阿黄这下闯的祸可大啦!

　　大军急忙奔上去逮住阿黄,从它嘴里夺下兔子,不料发现这兔子已经断气,而且身上很脏,可能死前和阿黄经历过一番生死较量。

　　大军赶紧拿清水和沐浴露把兔子洗得干干净净,又用电吹风把它的毛吹干,然后揣上它小心翼翼地爬过邻家的篱笆,把它塞进了兔笼,伪造成"自然死亡"的样子,完事之后,急急忙忙地爬回自家的院子。

快吃晚饭的时候,大军看到邻居家的小女孩放学回家了,不一会儿,大军听到她一声尖叫,"爸——爸——"

女孩的父亲惊慌失措地跑进了院子,大军也凑过去,装模作样地问:"有什么需要帮忙的吗?"

女孩的父亲怒气冲冲地骂道:"是哪个混蛋搞的恶作剧?"

"就是,太心狠手辣了!"大军附和道,"连这么活泼可爱的兔子也不放过!"

女孩的父亲说:"我女儿昨天刚把死兔子埋了,是哪个混蛋又把它挖出来放进笼子里?"

(方　明)

鸳鸯系列

　　欧阳林在西域化妆品公司搞商品设计,有两三个作品在社会上很受欢迎,也算小有名气了。

　　这天晚饭前,他拿起几天前就设计好的商标,颇为得意地看着,猛地,他浑身一激灵,站起身,拔腿就往公司的朱经理家跑去。

　　一跑到楼上,他就用头撞朱经理家门。

　　朱经理打开门,他一把抱住朱经理,直流泪,说:"朱经理,我闯祸了!"

　　朱经理被吓懵了,瞪圆了眼,忙问:"咋啦? 闯啥祸了?"

　　欧阳林鼻子有点酸,说:"我真瞎了眼了,我几辈子也赔不起公司这笔损失呀,我的天!"

"什么损失？你好好告诉我，我尽量给你想办法。你想想看，我们公司哪种出名的商标不是你给设计的？没有功劳，还有一点私人感情嘛，对不对？"

欧阳林听了更伤心，泪又下来了，说："哎呀，你别再提商标了，一提起这倒霉的商标，我就想一头撞死在墙上。"

这下，轮到朱经理发愣了，站在那里不知说什么才好。

欧阳林又擦了一下泪，问："你是真的不知道出事了，还是在安慰我？"

"我安慰你干啥？"

"我问你，那批何首乌擦面奶，都发给日本了没有？"

"发啦，三天前就发走了。不发做什么？合同期到了。"

"这就坏了，日本商人肯定会来找我们公司麻烦的。你知道吗？那商标上，我把何首乌的'乌'误写成'鸟'了，多了一点。这是我刚才在饭桌上偶然发现的，你一点没看出来？"

听到这里，朱经理才如释重负，他拍了拍欧阳林的肩膀，说："看出来了，咋没看出来？可生米煮成熟饭，还能咋办？那两个日本商人也看出来了，说我们没按合同商标交货，合同上写的是何首乌擦面奶，而不是何首鸟擦面奶。我跟他们解释：对呀，就是按合同交的货呀。在中国，乌和鸟，都是鸟。没一点的，是公鸟，不下蛋；有一点的，是母鸟，会下蛋。我们第一批发来的，是母鸟何首乌擦面奶，第二批是公鸟何首乌擦面奶，这是我们新开发的鸳鸯系列。而且，按我们中国人的说法，有了母，必有公，公母天地，吉祥如意。日本商人对我这个说法很感兴趣，又对我们的产品质量放心，就这样，我不但把第一批价值130万元的何首乌擦面奶交给他们，还跟他们续签了200万元的第二批何首乌擦面奶合同。这几天我在外面忙得昏天黑地的，没空和你说清楚。好好干吧，小伙子！"

（刘殿学）

危险的梯子

老李是个老警察,他平时有个缺点,就是爱吹牛。

这天,局里新安置了一名大学生,姓王,被分在老李手下。

晚上,老李带着小王出去巡逻,由于是第一次,小王很兴奋,也很好奇,不停地问这问那。

这正合老李的心意,于是老李便唾沫四溅地向小王炫耀自己过去破案是如何的神速和准确。

忽然,老李停住脚步,用手往左前方一指:"小王,你看那儿。"

小王朝他手指的方向望去,只见不远处是一幢居民楼,二楼的窗户还亮着灯光。

小王疑惑地问道:"怎么了?"

老李挺得意地反问道:"难道你没看出来有什么不对?"

小王再仔细看看,摇摇头。

老李说:"你看,二楼有灯光的那家窗户开着,窗下还架着木梯,这里面就有情况。"

小王很佩服:"那我们该怎么办?"

"摸过去,别打草惊蛇。"老李朝小王做了个手势,两个人便悄悄向居民楼靠近。

此刻,小王的心"怦怦"直跳,毕竟是第一次碰到情况,特别容易紧张。

来到居民楼下,老李吩咐小王:"你在这里守着,我上去看看。"

小王说:"我上去吧,我年轻。"

"正因为你年轻才不让你上。"老李边说边就顺着梯子爬了上去。

可是,当他快爬到窗口时,脚下踏着的梯子横木忽然断了,老李猝不及防,"扑通"一声摔在了地上,半天喘不过气来。

小王跑上去扶他。

这时,从二楼窗户里探出个脑袋,喝问:"谁在外面?"

老李勉强从地上爬起来,抬头道:"我是警察。这是你家吗?"

楼上回答:"是呀,有事吗?"

老李问:"外面这梯子是谁的?"

回答很干脆:"我们家的。"

老李奇怪了:"那你为什么把梯子竖在这里?"

"噢,你问这个呀!"楼上解释道,"是这样,我家养了一只猫,很野,老喜欢往外跑,架个梯子,是为了让它进出方便,这样我就不用半夜起来给它开门了。"

"那——"小王插嘴问道,"你就不怕半夜招贼吗?"

　　楼上的人笑了:"不可能!为防万一,我把梯子上面部分这一根根横木都锯松了。"

　　楼上的人说到这里,还做了个锯横木的手势:"我这梯子放这儿有半年多了,这儿的人都知道……"

　　都知道?老李天天打这儿经过,怎么偏偏就不知道?要不,也不至于现在摔个嘴啃泥。

　　看着他一副懊恼样,小王抿嘴直乐!

(赵　欣)

大 实 话

老王平时爱讲大实话,70 年代初被推举为工会主席。

一职工去世,老王主持追悼会。

他神情严肃地说:"追悼会开始,现在不出声,放难过音乐。"

庄严肃穆的会场出现了小小的骚动。

老王继续说:"请领导对过世人说表扬的话。"

会场里的人你看看我、我看看你。

最后一个议程,老王主持道:"现在排好队,走三圈,对死者望望。"

很多人赶快掏出白手绢,捂住了嘴巴……

(陈鸿国)

破喇叭

  村里有个出了名的泼妇,外号叫"破喇叭"。她有个特别的本领就是骂街,骂起街来能一口气骂两个钟头,而且气不喘、脸不红。

  这天,她家里丢了一只鸡,就怀疑是邻居偷的,便在胡同里破口大骂起来。骂了足有一个小时,引来一群人看热闹。邻居有个老人患了心脏病,破喇叭这一开骂,他心里"别别别"乱跳,实在受不了,就从自己家中捉了一只鸡送给破喇叭,破喇叭这才住了口,提着鸡要回家。

  正在这时,一位戴眼镜的青年走了过来,把她叫住。原来这位青年叫小冯,是县农科站的技术员。去年他们站培育出一种优质高产玉米种,他们就来这村推广,先赊给各农户玉米种,待玉米丰收了,他们就派小冯来收种子款。一开始收款工作还比较顺,大多数农户都高高兴兴给了钱,可有几家钉子户却找出种种借口赖着不给。

小冯已跑了四五次,腿都跑细了也没收齐。今天他见破喇叭大骂后,连没偷鸡的邻居都拿出了鸡,效果太显著了。他灵机一动,决定叫上破喇叭帮他去要账。

经过一番讨价还价,最后小冯答应每讨回一百元欠款,就给她提成五元。破喇叭乐坏了,一拍胸脯:"这事交给我了!"

此举果然见效。破喇叭每到一欠账户,便拉开架式,扯开嗓子大骂不止,还扬言如不给钱她每天都来骂街,那些赖账户怕沾上这位泼妇,再说欠别人钱又不是什么光彩的事,怕声张出去,所以大多给了钱,让破喇叭闭了嘴。

破喇叭才半天就挣了四十多元钱,她更上劲了。

小冯也很高兴,他带破喇叭来到最后一家。这家欠的种子款最多,共有七百多元,要了多次,户主很刁,一个子儿也不肯给。

破喇叭一进院便张口大骂,上骂天,下骂地,连祖宗三代都骂到了。

小冯真怕那家主人着了急跟破喇叭打起来。

可奇怪的是那家大人孩子出来进去的竟无动于衷,该吃就吃,该喝就喝,又说又乐的竟无动于衷,全跟没听见一样。

破喇叭一连骂了几个小时,也许这次是她几十年骂街史中最长的一次。小冯发觉她骂着、骂着脸有些变色,生怕破喇叭再骂下去,人骂坏了反而更麻烦,便上前拦住了她。

破喇叭住了口,气喘吁吁地对小冯说:"这个小杂种,从小听我骂惯了,一点也不在乎。"

"他是你亲戚?"小冯问。

"他是我儿子!"破喇叭指着屋里主人说。

(王泊村)

粗心的理发师

戴师傅做事大大咧咧，是个有名的马大哈，他在巷口开了一家理发店，生意还挺红火。

这天早上，来了个男顾客，要戴师傅给他推一个"大平顶"。

戴师傅一边满口答应："好嘞!"一边就动起手来。他的手艺还真不错，三下五除二，一个大平顶的雏形就有了，只要洗一下，再略加修饰，便大功告成。

戴师傅领着男顾客到洗头的地方，把他的头往下一摁，拧开水龙头，"哗哗"地冲湿了他的头发。

该打香皂了，戴师傅把手伸向水斗旁边的皂盒，突然心里"咯噔"了一下:糟糕，昨天已经把用剩的香皂头扔啦，新的还没买呢!

现在去买是来不及了，因为商店离得很远，而且这个男顾客的头发已经打湿，总不能半不郎当地把他扔在这里吧？有心对顾客说出实情吧，又怕他出去一宣扬，影响了小店的声誉。

可总用水冲也不是办法呀？

戴师傅来了个急中生智，一只手按住了男顾客的后脑勺，另一只手握成半拳，假装成一块香皂，在他的头皮上蹭了蹭，再用水冲一下，来应付难关。

他就这样蹭了冲，冲了蹭，经过几个反复，觉得差不多了。再看那个男顾客，一点反应也没有，看来是没有察觉出异样。戴师傅暗自庆幸，一颗七上八下的心慢慢平静下来了。

不一会儿，大平顶终于完工了。

男顾客对着镜子一照，满意地伸出大拇指，夸奖戴师傅的手艺好。

戴师傅很不自然地"嘿嘿"笑着，心里挺过意不去的。

最后，男顾客问戴师傅多少钱。

戴师傅细声细语地说："五块钱。"

男顾客爽快地从兜里掏出一张 10 块的人民币递过去。

戴师傅接过钱，正要找零，男顾客赶忙一摆手，说："不用找了，快去买块香皂吧！"

（朱平章）

横　祸

　　李大夫是骨外科的主任医师。

　　一天，他处理完了几个病号，刚想端起茶杯喝点儿水，只听门外"唉哟、唉哟"的呻吟声由远到近，一个老头被一个年轻人搀扶着走了进来。李大夫抬头一看，着实吓了一跳！

　　原来这位"唉哟、唉哟"的老头不是别人，正是自己的"老泰山"——岳父大人。李大夫不敢怠慢，忙放下手中的茶杯，快步迎了过去："哎呀爸爸，您老人家这是怎么了？"说着，赶快把老人扶到了病床上。

　　经过仔细诊断，老人左胳膊桡骨、尺骨外伤性骨折。这可气坏了李大夫："爸，是谁把你打成这样？我、我找他算账去！"

　　老人摆了摆手，露出痛苦而又无可奈何的表情，说："唉，别提了,今天一大早,我去离咱们家不远的湖边钓鱼,因为湖边潮湿,我就穿了双雨鞋,唉哟……"

老人被剧烈的疼痛打断了话。

"那这跟您的胳膊又有什么关系?依我来看,这绝不是摔倒骨折的,而是被硬物快速撞击造成的。"

"唉——你听我把话说完……我左脚的那只雨鞋里不知怎么钻进去了一粒小石子,我想把鞋脱下来,这时偏偏鱼又咬钩了。我看到旁边有根电线杆,于是就一只手扶着它,一只手拿鱼竿,把左脚抬高,使劲抖,抖得全身都跟着颤了,还没有把鞋子里的石子抖出来。"

"这……"李大夫听得云里雾里。

"正在这时,从路边来了一个小伙子……"老人说着抬手指了一下刚才送他来的那位年轻人,"他一看我扶着电线杆,全身抖啊抖的,还以为我触电了呢,拾起地上的一块长木板就向我身上打过来……结果我的胳膊就这样被他打断了……"

(侯长磊)

好闺女

　　这天,某长途车站内,去林东的客车马上要发车了,只见从车站门口走过来一个拎着大包小包的老太太。售票员安姑娘赶紧迎上去,热情地招呼道:"大娘,是去林东的吧,车子马上要开了,请赶快上车吧。来,东西我帮您拿。"

　　安姑娘把老太太扶上车,又帮她安顿好位子。

　　老太太感动得嘴巴里一个劲地夸:"好闺女呀,你真是个好闺女。"

　　老太太刚安顿停当,车子就起动了,安姑娘没歇一口气,便开始挨个到座位前售票,摇摇晃晃了好一阵子,总算坐了下来。

　　老太太赶紧伸过头来问:"闺女呀,这离大板站有多远哪?"

　　安姑娘回过头来,笑眯眯地对老太太说:"大娘,还远着呢,您老人家别着急,先睡会儿,打个瞌睡。"老太太点点头,便靠上椅背,闭上了眼睛。

车子一路颠着,车厢里静悄悄的,许是睡意感染吧,安姑娘这时也觉得倦意阵阵袭来,上下眼皮直打架。可她刚闭上眼睛,老太太却像做了噩梦似的猛地站起来,问:"闺女呀,到大板站了吧?"

安姑娘被吓了一跳,摇摇头耐心地说:"大娘,您别着急,还有两个小时的路程呢,到时候我叫您,您就放宽心睡吧!"

老太太这才似乎放下心来,挺不好意思地点点头,嘴里喃喃着:"闺女呀,那就太谢谢你啦。"

车子继续在公路上奔驰着,突然一个拐弯,安姑娘的头撞在车门口那根把手杆上,给撞醒了。安姑娘下意识地伸手一看表:"呀,过三个小时了,完了,这下可惨了,大板站早就过了。"

姑娘回头一看,不由吐了下舌头,幸好老太太还没有睡醒。她赶紧走到司机跟前,商量加乞求,司机挺通情理,车子掉转头,又向回开去。

大板站到了,安姑娘终于露出了舒心的笑容,她轻轻推醒了老太太,便伸手去替她拿包。

老太太揉揉惺忪的眼睛,发现安姑娘拎着她的包已经跨下车,急得赶紧颠过去,拉住问:"闺女呀,你这是干啥?"

"大娘,到大板站了,您该下车了。"

老太太急了,她不知哪来的力气,一把就拽过来一个包:"谁说我要下车了?"

"那您刚才让我叫您……"安姑娘的眼睛瞪得溜圆。

"嗨,那是我儿子告诉我,车到大板站的时候,我要吃一次药。"

(赵雅珍)

彼此彼此

利民中学的老教师沈方成教了几十年的书,到如今仍然住在那间又黑又破的小屋里。

最近,他知道在教学楼旁边建成了一幢新楼房,教职员工盼星星、盼月亮,总算盼到能住上新房了。沈老师觉得这可是个千载难逢的机会,得马上出动去找校长,如果这次弄不到房子,妻子又得勒令自己睡地板了。于是,沈老师不敢怠慢,立即到商店买了两条三五牌香烟和两瓶高档酒,一手拿烟,一手提酒,直往校长家走去。

一走到校长家门口,沈老师愣了,只见校长家的房子比自己的房子还要小,还要破旧。

沈老师刚踏进校长家门,猛地和一个人撞了个满怀。沈老师一看，是校长，只见他满脸挂着肥皂泡和汗水。校长一见沈老师，忙回头冲着手拿肥皂盒的妻子不耐烦地说："洗衣服，还来请示我？"他妻子会意地放下肥皂盒，对沈老师笑笑说："怎么，双休日也有事？"校长对妻子说："你快去洗衣服，别管我们男人的事。"说着，领着沈老师进了那间狭窄的破房子里。

沈老师望着校长沾在脸上的肥皂水和汗水都快流到嘴边那样子，既滑稽又好笑，心里想：想不到这位在学校管理有方的权威校长，在家里却是个"妻管严"！

校长见沈老师望着自己的脸，就用手一摸脸，这一摸，顿时弄了个大花脸，沈老师终于忍不住笑出声来。

校长察觉到自己脸上有什么，过去一照镜子，大花脸一下子变成了关公脸。他转过身，气冲冲地走进厨房，拉着妻子进了卧室，"砰"地把门关上。接着里边传出了"乒乒乓乓"敲打声，还夹着校长的呵斥声。沈老师觉得这下可不得了了，从不发火的校长今天怎么打起老婆来了？

沈老师正想过去劝说，这时校长的小儿子从厨房里跑出来，悄悄对沈老师说："我爸爸打的不是妈妈，是在打被子！"沈老师一听，顿时乐得哈哈大笑起来。

他们分手时，校长把礼品塞进沈老师的提包里，笑呵呵地把他送出门，说："老沈，你不用说我也知道你的来意。你的情况大家都知道，你放心吧，只要我徐某人当一天校长，就一定为你尽一天的力。"校长说到这儿，顿了顿，把嗓门压得很低地说，"不过，今天的事……"

沈老师望着校长那乞求的目光，连忙说："我知道，校长，咱们是彼此彼此！"说完，两人大笑起来。

几天后，沈老师分到了新房子，可校长呢，还是住在他那破房子里。老沈嘴上没说，心里想：恐怕校长要睡地板了！

（毛杭林）

巧　计　篇

智慧起源于愚蠢的废墟，而与智慧结合的幻想更是奇迹之源。

拿不出

　　有个木匠师傅，专门外出帮人家做家具，东家都是鱼肉招待，待他像自己的长辈。

　　有一次，木匠来到一户人家做家具，这户人家的女主人很小气，欺木匠年纪轻，不杀鸡不杀鸭，不买鱼不买肉，吃来吃去就是一只没有油花的炒青菜，而且还不是每天炒，炒一顿要吃几天。更可气的是，东家娘娘嘴上还特别客气，不住嘴地劝木匠"吃呀吃呀"。

　　这一天吃过饭，木匠开口了："东家娘娘，昨天夜里我们村里发生了一桩怪事，晓得吗？"

　　东家娘娘好奇地问："是吗？什么事呀？"

　　"隔壁阿二家昨夜被贼偷了。"

"真的？偷掉什么吗?"

"阿二早上起来一看,墙壁被人挖了一个马桶盖大小的洞。他连忙朝房间里一看,果然,少了一只三门橱,让贼给偷走了。"木匠讲得有声有色。

东家娘娘听得认认真真。忽然一想:不对,木匠在吹牛。马桶盖大小壁洞,横阔竖长的三门橱,怎么可能从洞里偷出去? 便疑惑地问道:"不会吧? 洞那么小,三门橱怎么拿得出?"

木匠连忙接口说:"是呀,我也弄不懂,怎么拿得出?"说完再不开口,拿起凿子又干起活来。

东家娘娘愣了一愣,醒悟过来了,她脸一红,马上就去买肉买鱼杀鸡杀鸭,那只炒青菜再也不敢拿出来了。

(韩仁均)

巧熄鞭炮声

养猪专业户明法是一位很有头脑的小青年，前段时间，他低价购进了一批优质母猪，正准备大干一场的时候，却碰上麻烦。原来，村里有两个叫阿毛和小龙的小学生，一放学就来捣乱，东一下、西一下地放鞭炮，吓得那些母猪常常从睡梦中惊醒，吓得那些小猪东蹿西跳，直朝老母猪的肚子底下钻。更严重的是，再这么下去，有几头已经怀胎的母猪很有可能因此而流产。这样的话，一损失就是几千元。明法几次出去阻止，可俩孩子是越劝兴致越高，这可怎么办呀？明法经过一番冥思苦想，终于想出了一个绝妙的主意。

第二天傍晚，明法远远地看见大眼睛阿毛和小眼睛小龙勾肩搭背地又朝养猪场蹦蹦跳跳走过来了，便笑嘻嘻地迎上去说：

"阿毛,小龙,你们来了？谢谢你们！谢谢你们！"

阿毛和小龙被明法谢得大眼瞪小眼,一脸的莫名其妙。

明法这时接着说:"阿毛、小龙,你们是怎么知道这种响声催长法的？"

阿毛瞪着大眼睛问道:"什么响、响声催长法？"

明法说:"啊,你们不是故意帮我忙呀？我还以为你们学雷锋做好事呢——是这样的,我培育的那种瘦肉猪,特别喜欢听鞭炮声,没这种声音就吃不香、睡不着,不肯长肉。我正愁自己没有时间去亲自放呢,现在你们放学后帮我放上一会,再好不过了。你们看,我今天鞭炮也买好了,就等你们来帮我放。"说罢,给每人发上十个,让他们自己去放。

阿毛、小龙见有人买好鞭炮让自己放,高兴得不得了。很快,每人十个就放完了。接着,他们把自己带来的几个也一起放掉了。

明法对阿毛、小龙连声道谢,请他们明天放学再来,而且鞭炮不用带,他已经买好了。最后,他再给每人两元钱补贴。

第二天,阿毛、小龙准时来给明法放鞭炮。明法真的已准备好鞭炮给他们,放好后,还一再道谢,发上两元钱,请他们明天再来。

第三天,明法对阿毛和小龙说:"跟你们商量个事,我买的鞭炮今天不多了,你们只能放3个。我这几天忙,没空出去买,所以从明天开始,麻烦你们自己去买,我反正给了你们两元钱,怎么样？"

阿毛、小龙大眼对着小眼商量了一下,想两元钱买几个鞭炮,还有余的,便也就答应了。第二天买的时候,他们还偷工减料,少买了几个。

明法也不责怪他们少放鞭炮,对阿毛、小龙说:"这几天猪大了,我开销大了,手头实在紧,所以明天开始,我只得委屈你们,每人给一元。"

阿毛、小龙又大眼对着小眼商量了起来。最后，虽然他们心里老大的不情愿，但还是勉强答应了下来。不过第二天开始，他们买得更少了，每人只买五个。

又过了一天，明法愁眉苦脸地对阿毛、小龙说："真不好意思，我棚里的猪还要过几天才能卖掉，所以这几天手头更紧张了，连一人一元也不能给了。从明天开始，我只能每天给你们每人一角钱了。"

阿毛、小龙一听跳了起来，大眼小眼一起瞪着明法，说："不行不行，一角钱叫我们买什么呀？你养猪赚钱，却让我们自己掏钱买鞭炮来给你放？你当我们是傻瓜？我们才不干呢！走，我们走！"阿毛、小龙说罢，勾肩搭背头也不回地走了，一边走一边还骂明法是小气鬼。

明法看着他们远去的背影，终于松了口气。

从此，明法的养猪场又恢复了往日的安静，那些怀胎的母猪也没有受到太大的影响。

（韩仁均）

临时决定

　　青工马顺天在一高档皮衣柜前看中了一件皮衣,还没问价,那位柜台小姐便发话了:"你到底想不想买呀?"

　　马顺天一听这话就不舒服,回敬一句:"不想买,我来这里干吗?"

　　那小姐指着衣服上的标签,说:"你把眼睛睁大了,是1360元,不是136元,你带这么多钱了吗?"

　　马顺天顿时觉得下不了台,这真是狗眼看人低,你当我真是土老帽呀?一怒之下,他把手提包往姑娘面前一放,拉开拉链从里面摸出一叠厚厚的百元大票,往她面前一伸,说:"怎么样,买三件够不够?"

　　那小姐脸上立刻有了笑容:"足够,足够,你尽管慢慢挑……"

马顺天猛地把钱收回,又装进包里,说:"对不起,我不买了,卖皮衣的商店多的是,我何必在这里赚个低三下四!"说罢,大踏步地走了。

马顺天刚要下楼,突然有人一把拉住了他,回头一看,仍是刚才那位小姐。

马顺天的气顿时不打一处来:"怎么着,你们这卖衣服还兴搞强迫吗?"

那小姐却贴近他的耳根说:"同志,你误会了。刚才你看衣服时,你身后有个留长发的人在摸你的提包,我怕你遭窃,才故意那样做的!"

"真的吗?"马顺天一听,连忙提起他的提包看,果然,旁边已被划了一道五六公分长的口子……

（刘志平）

还少什么

这天，阿贵口袋里放着刚发的六百元工资，在街上闲逛。不觉已是中午，肚子正饿，忽见附近有一家名叫"好吃来"的餐馆，这种高消费的去处，平时他连正眼都不敢看一看，这回仗着口袋里有几个钱，便大模大样地走了进去。

阿贵挑了个座位刚坐下，服务员便递上菜单请他点菜。阿贵一见菜单上的价目，差点儿吓坏了：这几十元、上百元一盆的菜，吃这一顿，不把口袋掏空才怪哩！他娘的，心也太黑了，想宰我，没那么容易！

阿贵装出一副很有气派的样子，说："这大热天的，吃什么鱼翅、鸡腿，油腻死了……要不，就来一碗——喏，'八仙过海'吧！"

不一会儿，服务员把"八仙过海"端上来了。这"八仙过海"，其实就是五块钱一碗的菜汤！阿贵定神一瞧，只见清汤上面漂浮着几根茭白丝，外加几根榨菜、肉丝，几粒豌豆！阿贵简直要气炸了，但他不动声色地说："据我所知，这'八仙过海'缺了样东西。"

服务员奇怪了："什么东西？"

这回轮到阿贵卖关子了，只见他坐在椅子上，一声不吭。

服务员看着阿贵一副不可捉摸的样子，又瞧瞧汤碗，不敢怠慢，连声说"对不起"，端起碗匆匆离去了。

不一会儿，汤碗又端回来了，服务员说："先生，缺的东西现在已经补齐，请您用餐吧！"

阿贵一看，见"八仙过海"中增添了马铃薯丝和西红柿块，他觉得奇怪，想了想，依旧不动声色地说道："不，还是少了一样东西！"

服务员瞧了瞧阿贵，心想：这顾客为啥就只点"八仙过海"这一个汤？又怎么老说少了一样东西？看样子来者不善！莫不是工商局派来打假的？

这么一想，服务员又慌忙换来了一碗"八仙过海"，这回的汤里又新增了花样：两块鸡腿，外添几片香肠！

阿贵看呆了，再悄悄瞟了瞟别的餐桌，只见别人的八仙汤中都只有几根茭白丝、榨菜、细肉丝和几粒豌豆！阿贵突然明白了其中的奥妙，依旧不动声色地说："这八仙汤里还少一样东西！"

这回轮到服务员纳闷了："先生，这可是正宗地道的'八仙过海'呀！您看：鸡腿、香肠、土豆、番茄、肉丝、榨菜、豌豆、茭白——正好是'八仙'嘛！"

阿贵听罢，却仍是一口咬定："少了，就是少一样东西！"服务员怎么也弄不明白这"八仙过海"里到底少了样啥东西，无奈之下只得请来了经理。

"欢迎先生光临！"经理笑容可掬地对阿贵说，"冒昧求教先生,这'八仙过海'里还缺什么东西?"

阿贵指着别的餐桌问:"他们为什么只有'四仙',而不是'八仙'?"

经理猜想准是碰上微服私访的干部了,只得点头哈腰赶紧认错:"今后一定改正,一定改正……"

阿贵看着经理那狼狈相,忍住笑,一本正经地说:"但是,我这汤里还是少了样东西!"

经理瞪大了眼睛,奇怪地问:"什么东西?"

阿贵指了指汤碗:"我都说了多少次了,服务员就是不给拿来!"

经理张大了嘴巴:"这……"

阿贵笑嘻嘻地问:"这汤能用筷子夹了喝吗?"

"啊——"经理似梦初醒,半晌回过神来,"你、你是说——汤匙?"

(王建江)

迟到的考生

　　一所大学里正在举行一门公共课的期末考试,大考场里足足坐了两百多名来自各系的学生。

　　考试开始半个小时后,一个学生急匆匆地跑了进来,向张教授要考卷。

　　"你来得可真够早的,我可以给你考卷,但是你肯定做不完,你的时间不够了。"张教授一边把试卷递给他,一边说,"超过时间的考卷我是不收的。"

　　这个学生很有信心地回答:"不,我能做完。"然后他坐下来开始答题。

　　两个小时过去了,张教授宣布考试结束,学生们把试卷叠好,交了上去。只有那个迟到的学生还在写个不停。又过了半小时,他才拿着做完的试卷走上来。

张教授正坐在讲台旁等着下一场考试开始呢,这个学生小心翼翼地把自己的试卷放到桌上那一大叠试卷上面。

"不,你不用交了。我说过的,超过时间就不收考卷了。"张教授又补了一句,"我早说过你做不完的!"

这个学生气鼓鼓地瞪着张教授,问:"你知道我是谁吗?"

张教授上下打量了他一番,用嘲讽的语调说道:"我倒还真不知道你是谁哩。"

"你真的不知道我是谁吗?"这个学生又大声地问了一遍。

"不,我根本不想知道你是谁!"张教授轻蔑地说。

"那太好啦。"这个学生说着,飞快地掀起桌上半叠考卷,把自己的试卷往中间一夹,然后一溜烟跑出了考场。

（贝　贝）

戏 谑 篇

笑和幽默是只有人类才有的悟性;没有笑的人生,则充满寂寞和空虚。

倒霉的小偷

　　王某初次做贼,闯入一户人家,正要翻箱倒柜,却猛然听见一阵急促的敲门声。

　　他吓了一跳,莫非是主人回来了? 可若是主人,他手里有钥匙,怎能自己敲自己的门?

　　这么一想,王某悬到半空的心马上落回原处,他擦把冷汗,装作睡眼惺忪的样子,坦然走了过去。

　　门开了,是位满脸皱纹的老太太,头发花白,鼻梁上还架副散光镜。

　　老太太边喘气边埋怨:"大白天关着门干啥? 敲半天也不开。这月的卫生费该缴了,三块五!"说罢,随手撕张收据扔下。

　　打发走老太太,王某觉得事情有点好笑。他调整调整情绪,刚关上门,不料又有人敲门。

这回是位胖大嫂,她一进屋,就上上下下打量王某,眼里充满疑惑:"咦,你是……"

王某预感情况不妙,正准备夺路而逃,谁知胖大嫂一拍脑门:"嗨,瞧我这记性,你不就是小刘的妻弟嘛!前几天才见过面就眼生了,还在房管所工作吗?我家大小子下个月结婚,四代同堂,麻烦您的日子还在后头呢!"

不知不觉中,胖大嫂把"你"换成了"您"。

王某松了口气,连连点头道:"好说,好说。"

"这月轮到我收城建附加费了,小刘他不在,您能不能先给垫上?反正也没有多少,八块三毛三,三分就算了。"

胖大嫂点了钱,递过张收据,临走时还连连说"真不好意思"。

送走胖大嫂,小偷为免得再受虚惊,干脆敞开大门在屋里乱翻一气,结果连一分钱也没找到。

他拍拍屁股,骂骂咧咧朝外走,不想和一个正往里进的人撞了个满怀。

"你他妈眼睛……"一句话没骂完,他的眼睛可就直了——来的人是个警察,身材高大魁伟。

老鼠撞着猫,王某束手就擒。

但是警察掏出的并不是冰凉的手铐,而是张薄薄的收款收据。

警察对王某说:"我是负责这片区社会治安的民警,请你履行一个守法公民应尽的义务,缴纳治安联防费七元整!"

交罢治安联防费,王某口袋已无分文,他捏着三张付款收据,真是哭笑不得。

忙乎了半天,吓出几身冷汗,倒贴十八块八毛不说,还不明不白给人当了回小舅子!小偷越想越气,顺手撕下页台历,提笔写道:

初次做贼运气差,亏损一十八毛八;

干脆咱俩拉个钩,明日你来偷我家。

他刚把这页台历纸和三张付款收据压到桌上,就听见门外传来一声惊呼——这回,来的才是真正的主人。

（周　知）

题词

群艺馆举办的书画展即将开幕。

代理馆长周宏为了把声势搞大,特意草拟了二十几句题词的蓝本,亲自送到县委书记、县长的府上,恳请两位领导从中挑选佳句为书画展题词。

书记、县长这次很给面子,没过不久,题词就写好了。

周宏取回题词很兴奋。可当他把两位领导的瀚墨展开一看,不禁傻了眼。

原来,两位领导竟然写了同样的两句话:荟萃书画精华,弘扬民族文化。

周宏着急了。

求领导重写? 不可能,也没办法解释清楚。而且据传,两位领导素有矛盾,闹不好……

　　将两位领导的墨迹同时悬挂于展览厅,岂不让人嘲笑领导相互抄袭?

　　周宏苦思冥想,依然一筹莫展。

　　他从群艺馆回到家,茶饭不香,看着两位领导的题词发呆。

　　妻子见周宏如此,也着急得不知如何是好。

　　夜深了,妻子好不容易才将周宏劝上床。

　　8岁的儿子起床要大便,一时找不到废纸,见写字桌上有纸,顺手撕扯一半便进了厕所。

　　翌日清晨,妻子醒来,忽见领导题词被撕破,料想定是儿子所为,但又不敢告诉周宏,于是,悄悄将破纸片拿到裱褙店,求裱褙师傅将领导墨迹复原。

　　周宏妻将事情的来龙去脉一一说与裱褙师傅听。

　　裱褙师傅听完,说:"要想将两幅题语复原已不可能。现在只有一个办法,那就是取县长的上句和县委书记的下句,合成一幅。"

　　"我听说书记和县长素有矛盾,这样做,是不是有对着干的意思?"

　　"如不这样,就没有办法可想了。县委书记的上一句已被你儿子作了手纸,我上哪儿找去?"

　　"那……就这样吧。"

　　待裱褙师傅将题词裱好后,周宏的妻子就将题词直接送到了展览厅。

　　却说周宏见两位领导的墨迹不见了,慌得四下寻找,见妻子回来了,忙问:"你看见那两张题词了吗?"

　　妻子回答说:"我看你急得没法,就将那两张纸送到展览厅,让他们去想办法。我给你请了病假,你就安心休息几天吧!"

　　周宏想:就这样吧,老子以后顶多不当这代馆长,先躲几天再说。

书画展如期开幕。

县委书记、县长在众人簇拥下走进大厅。

县委书记蓦然发现挂在展览厅最前端的自己的题词只有半句,另一半是县长的。他稍稍一怔,片刻,又似有所悟地笑了。

县长看后也似乎明白了什么,也笑了。

众人也跟着笑了。

人们都说周宏了不得,竟然把书记、县长的联袂题词也搞到手了。

不久,一纸公文,正式任命周宏为群艺馆馆长。

(刘国祥)

句句不离吃

有个人家，娶了个媳妇，长得白嫩嫩、水灵灵的，眉是眉，眼是眼，什么都好，就是一样——嘴巴馋，张口三句话总离不了吃的。邻居们都笑话她，叫她"馋嘴媳妇"。丈夫听了，觉得很丢脸，叫她改掉这毛病，媳妇虽然满口答应，可总改不了。

一天早上，丈夫对她说："要再不改，你说一句，我就打你一下。"媳妇答应了。

第二天天亮，媳妇先起床，一披棉褂子，就叫起来："哎呀，这么凉，像海蜇皮一样！"

丈夫一听，"啪"地扇了她一巴掌。

媳妇知道自己老毛病又犯了，连忙认输："实在该打，昨晚刚刚说好的，今早就忘，真是馒头锥了心了！"

　　话音刚落,"啪"又挨了丈夫一下打。媳妇猛地醒悟,自己又说漏了嘴,忙说:"打得好,我太没记性了! 要使心眼灵通点,我日后多吃点葱和通心藕……"

　　刚说到这里,媳妇一抬眼,见丈夫又扬起巴掌,赶忙改口,"一定用心改! 要是再犯,你就拧我的嘴!"

　　丈夫听了,又好气又好笑,只好住了手。

　　穿好衣服后,媳妇下床开了门,往外一看,又叫起来:"难怪天这么冷,下雪了!"

　　丈夫听她这两句话没犯毛病,很高兴,也坐起来,一边穿衣服,一边问:"雪下得大不大?"

　　媳妇探头看了一下,说:"不大不大,屋顶上的雪只有一层糕厚,院子里的雪也只有葱花麦饼那么厚。"

　　这下,丈夫可真火了。他下了床,顺手从门后抽出一根牛鞭,没头没脸地抽了媳妇几鞭,又狠狠地拧了一下她的嘴巴,气呼呼地走了。

　　媳妇躺在地上,呼天叫地地哭起来。

　　邻居们闻声过来,问出了什么事。

　　媳妇把事情经过说了一遍,然后比划着说:"没见到这样狠心的! 牛鞭有油条这么粗,没轻没重地抽;又拧我的嘴,你们看,我这嘴都肿得像肉包子一样,叫我还怎么去见人……"

(林如求　搜集整理)

服务周到

老王退休在家已有好几个年头了,这老头平常在家唯一的爱好就是看书,尤其是推理侦探的,一看就撒不开手。

这天,市影剧院新上映一部外国的侦探片,女儿、女婿见老人整天闷在家里也不是个事,便花高价买了张包厢票,让老人出门散散心。

吃过晚饭,老王就到了影剧院。他电影看过不少,但坐包厢却是头一遭,进了剧院一瞧,包厢虽然小了些,却很幽静,老王向来不喜欢热闹,对这儿的环境十分满意。

电影开映还有段时间,老王便靠在软椅上闭目养神。

正在这时,"笃笃笃"包厢的门被人轻轻敲了敲,紧接着一个年轻的男服务员走了进来。老王醒过神来,一瞧表,还有几分钟电影就要开始了。

年轻人恭敬地站在老王身旁,说:"老先生,我们这儿设施完备,服务周到,您老有什么吩咐,我一定尽心去办。"

老王看那小伙子又有礼貌又热情,十分感动,但自己确实没什么要麻烦的,便说:"小伙子,我不需要什么,谢谢了。"

年轻人并没挪动地方,仍是很恭敬地说:"老先生,我们这里有刚沏的乌龙茶,还有各种牌子的香烟和饮料,您老需要点什么?"

老王戒烟有两年多了,晚上吃的又是粥,便摇了摇头。

年轻人还是站在那里,恭敬地说:"老先生,我们这里还有许多零食小吃,您老是不是来袋西瓜子,解解闷?"

老王心想,我又不是小孩,吃什么零食?仍是摇头。

年轻人又说:"老先生,您这包厢离银幕有些远了,我们这里还有望远镜出租的。"

老王笑呵呵地从衣袋里取出眼镜,说:"小伙子,不用费心了,我带着这个呢。"

"老先生,我们这里还有许多便民服务,例如捎信、叫出租车、擦皮鞋等等,您老如需要,请尽管吩咐。"

这时,电影开映的头遍铃响了,老王有些不耐烦了:"小伙子,如果有什么需要,我会叫你的。"

年轻人终于退了出去,老王舒了口气,心想:这包厢的优质服务果然不同一般,只是太热情了些,有点吃不消。

开演铃又响了,四周的灯就要熄了,没想到门又被推开了。那小伙子满脸堆笑地走了进来,手里还拿着一叠电影海报,兴冲冲地凑到老王身旁说:"老先生,我刚拿到今晚的影片介绍,上面还有照片,不贵,两元钱一张,看完后还可以留个纪念,您老是不是来一张?"

老王一听,慢慢悟出了这"优质服务"是怎么回事,再说,他看这种推理影片，就喜欢一个人独自思考，判断谁是凶犯，这是多年来养成的兴趣，让他花钱买这个不自在，他可不愿意。老王的头摇得像个拨浪鼓，连声说"不要"。

这时，电影开映了，老王连忙戴上眼镜，聚精会神地看起来，就像一个爱好解题的学生，摆开了架势，准备解答一道道富有诱惑力的难题。年轻人只得又退了出去。

银幕上出现了一幢美丽的别墅，矗立在迷人的湖边；四周鲜花盛开，蜂飞蝶舞，一位老人坐在轮椅上，悠闲地欣赏着这一切……

就在老王正看得入神的时候，包厢的门又被不轻不重地敲了两下，老王转头一瞧，那年轻人竟然又进来了，满脸带着笑。老王皱起了眉头：怎么没完没了？

这时，那年轻人已凑到他身边，恭恭敬敬地在他耳边轻声说："忘了告诉您老一件事，您瞧，轮椅上那瘫着的老头，他就是杀人的凶犯。"说完，年轻人退了出去。

老王顿时瘫倒在软椅上……

（何　亮）

捅马蜂窝

　　这一天,市环保局的职工发现,在二楼窗台挡板下面,有个西瓜大小的马蜂窝,上面密密麻麻地爬满了骚动不安的马蜂。大家围在局长身边议论开了,不一会儿就分成了两种意见。一种认为,在城市里多年不见的马蜂能住进办公院,说明生态环境有所好转,是环保局工作成绩的体现,应该保护;而另一拨人则认为,创建卫生城市检查团就要来局里检查卫生了,留着马蜂窝是个祸害,应该尽快把它捅掉。两种意见争执不下,最后局长表态,检查团来是检查卫生,不是来检查生态平衡的。对付马蜂窝,一个字:捅!

　　局长定下的事不能再改了,全局上下好几十号人说干就干,有的拿拖把,有的拿笤帚,轮番上阵!

蜂王见这些人来势汹汹,知道不妙,便一声令下,群蜂立刻倾巢出动,来了个地毯式"轰炸",见人就追,见人就蜇,而且专门拣人们的鼻子尖下手。顿时,办公楼里一片大呼小叫。

整整过了一上午,马蜂窝还在那摆着。于是,局长召开紧急开会,作出决定,要把捅马蜂窝的表现与评比先进和发年终奖结合起来。

重奖之下必有勇夫!人们前赴后继,轻伤不下火线,又经过一番搏杀,终于把马蜂窝捅掉了。

等到清扫完"战场",局长才注意到自己的部下十个里就有八个鼻子尖儿是血红血红的。不过为了迎接检查团,这点代价也值。

第二天,卫生城市检查团来了,在办公院里楼上、楼下地查看一番后,评价是:卫生状况一般。

一听这消息,全局上到局长、下至门卫,个个都像泄了气的皮球:费了这么大的劲儿,白忙活了。

就在这时,只见检查团领导上前握着局长的手说:"虽然你们局卫生搞得不算好,但是也不要泄气。最近,上面要在我们市召开一个全国性的常见病防治工作会议,根据你们局的情况,这个会议就放到你们这里举办吧。"说完,把一张通知交到局长手里。

局长心想:一个局级小单位能举办全国性的会议,可了不得!他喜滋滋地把通知打开,一看,顿时傻眼儿了。原来通知上写着,要在他们单位举办的是"全国防治酒糟鼻子现场会"。

(徐　洋)

忌　讳

　　某公司总经理在一次车祸中不幸失去了两只耳朵,他十分在意自己脸上的这个缺憾,所以在面试新人时,只要应聘的人对他露出一点异样的表情,他就会大发脾气。

　　有一天,总经理连续面试了三个新人。

　　第一个是老实的书呆子,有问必答。总经理问完一般性的问题后认为此人不错,可是为避免将来的不愉快,就问这个老实人:"你觉得我的脸上有跟别人不一样的地方吗?"

　　书呆子很老实地回答:"有啊,你没有耳朵。"

　　总经理一听这话太刺耳,就气呼呼地把他赶出去了。

　　第二个是口齿伶俐的年轻人,总经理和他聊得很愉快。可是面试快要结束时,年轻人因为不知道总经理的真实身份,实在忍不住好奇,所以就轻声问道:"对不起,你的耳朵到底是怎么回事?为什么刚好两边都没有了?"

哪壶不开提哪壶,总经理一听就将他撵走了。

第三个人进门后,总经理干脆直接对面试者说:"看着我的脸,你有没有发现什么?"

这个人仔细端详了大约 5 分钟,然后说:"嗯,我知道了,你戴着隐形眼镜。"

总经理很惊讶,因为这是第一个没有注意他缺陷的人。总经理很高兴地问他:"对啊,你怎么知道我戴隐形眼镜?"

那人马上回答:"这不明摆着嘛,没耳朵能戴眼镜吗?"

(刘俊合)

考　验

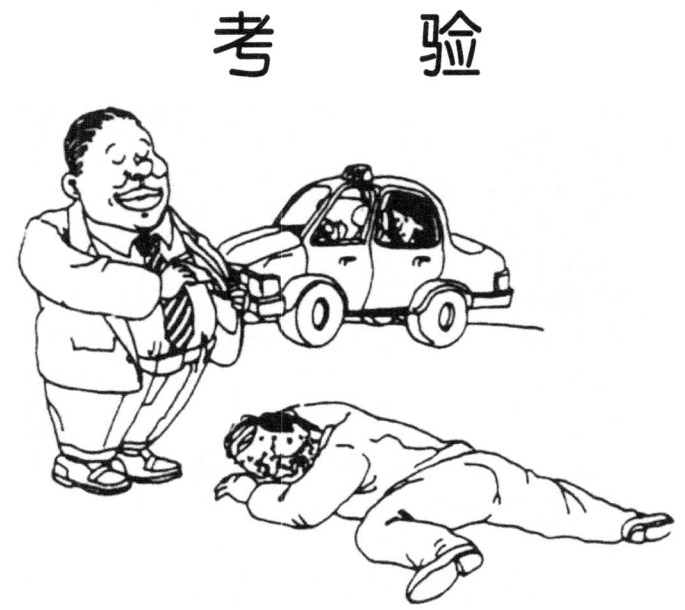

　　娄乡长新娶了一位小夫人,他最大的担心是自己五十多岁的人了,这花儿一般的新媳妇可别让哪只野"蜜蜂"给采了。

　　那天,娄乡长和小夫人在县城买东西,一帮朋友看见了,非要他们补请喝喜酒。小夫人自打嫁了娄乡长,这几日杯来盏去的实在顶不住,非要回家,娄乡长没办法,只得和朋友们来个折衷:自己留下,小夫人回家。

　　朋友们其实也就是图个大家聚一聚热闹,所以答应了,催他送走小夫人后快点赶回来。

　　娄乡长领着小夫人在汽车场上转了好几圈,终于找到了一个老司机。

　　小夫人忙着上车,娄乡长却把司机喊下来,没头没脑地说:

"师傅,你下来做一百下俯卧撑,我给你100块钱。"

老司机莫名其妙,问他干什么。

娄乡长说:"你不做就算了,我再找别的车。"

老司机一天没揽下几份活,哪舍得到手的生意跑了？于是赶紧说:"好好,我做,我做。"说着便下了车,伏在地上做了起来。

一百个俯卧撑做下来,老司机累得气喘吁吁。

娄乡长看看他的脸色,说:"你再做100下,我给你200块。"

老司机无奈,硬撑着又做了100下,最后趴在地上起不来了。

娄乡长掏出钱,在老司机面前一晃,说:"看见不,从现在起,你每做一个,我给你5块钱。"

老司机硬撑起身想再做几下,没想到一个还没做下来,就"扑通"摔在地上。

娄乡长放心了,他把300块钱塞到司机手里,然后把他架起来,塞到汽车里,说:"还能开车吧？我媳妇去的地方,离这儿也就15分钟路程⋯⋯"

（郭　朋）

名片祸

　　有个姓"冯"的,熬了二十年的小职员,总算熬到了科长。这天上午刚刚宣布提拔决定,他下午便大印名片,逢熟人就发,不出三天,新印的三盒名片只剩没几张了。

　　冯科长正要再去印名片,派出所来电话,要他去一趟。他不知什么事找他,只有诚惶诚恐地去了。

　　一见派出所所长,冯科长赶紧递上名片。

　　所长不接,说:"我已经有了。"

　　冯科长一拍脑袋:"你看我这记性,送了你,我都不记得了!"

　　所长鼻子里哼了一声,冷笑道:"我从来没有收过你的名片,这是我从一个暗娼的床上搜得的。今天传你来,就是要你把嫖娼的事老实交待清楚。"

所长这番话,可把冯科长给吓愣了,他急忙辩解说:"所长,我印这名片才三天,这三天里我白天上班,晚上和几个朋友打麻将。我有牌友证明。"

所长一听,立即追问:"你们打麻将来钱了没有?"

冯科长傻了眼,只好老实交代说:"我们好玩,钱来得少,放个炮5元,不像嫖娟,放一炮得50元!"

"嘿嘿!"所长两只眼睛像两把利剑,直逼冯科长,"看来,你还蛮懂嫖娟这一行嘛!"

冯科长急得头上冷汗直冒:"所长,你别误会,我是听别人说的。其实我是不会干那种事的,我就是有这心也绝没这个胆。不信,你到我们单位去问问,我怕老婆是出了名的。"

所长说:"你嫖没嫖娟,这个我们自然会调查清楚的。至于打麻将赌博这个事,你必须按规定罚款500元!"

冯科长连连点头:"该罚!该罚!这总比嫖娟挨罚便宜多了。我们单位一个小子嫖娟,罚了5000元哩!"

所长还是紧追不放,让冯科长好好回忆,这三天里,三盒名片都送给了谁。所长要冯科长提供名单,以便进一步寻找嫖客的线索。

冯科长哪敢怠慢,想啊想啊,想得头都疼了,三盒名片三百张,他只想出了一百八九十个人,还有百来个人却不知其名。那是他参加一个朋友的婚礼时,每桌宾客都人手一张,送名片像撒传单,当初挺风光,到头来,却是虚荣心砸了自己的脚。

从此,冯科长再也不敢乱发名片了。

(汤礼春)

特别批示

自打退下来，黄书记就没过一天舒心的日子。也怪！过去早出晚归，累得狗熊似的，黄书记身体也没啥毛病，现在整天呆在家里，病倒来了，一会觉得心跳快了，一会嚷嚷肝有点痛了，反正全身上下没一个好"零件"。

看他这副难受样，全家人比他还难受。女儿劝他去公园练太极，练了三天，不练了；女婿给他联系钓鱼，钓了两次，没劲了；儿子带他去打门球，打了一次，厌倦了；儿媳建议他去玩股票，他没进交易所大厅就扭头回来了。

这可把全家人难住了！

这天早晨，家里人一个个上班去了，黄书记坐在椅子上，觉得腿有点不对劲，就喊老伴。喊了半天，老伴才从里屋捧了一张纸出来。老伴将纸递了过来,黄书记接过一看,上面写着:关于今冬家中冬储蔬菜的请示。"请示"在列举了冬储蔬菜的必要性后,详细开列了冬储菜的种类和数量,计有白菜200斤,白萝卜100斤,红萝卜100斤,土豆100斤,大葱50斤,雪里红20斤,鬼子姜10斤……请黄书记审批。落款是老伴刘幸的名字。

黄书记两眼放光,认真看了两遍,一拍大腿,对老伴说:"好,好,还是老伴问题看得远!"说着叫老伴拿来笔,在请示上批道:冬储蔬菜确实十分重要,应该抓紧抓好。拟同意所提意见,请刘幸同志认真抓好落实。

想了想,黄书记又在白萝卜、雪里红、鬼子姜下边画了一道红杠,在旁边批道:这一类菜不仅是单纯储藏的问题,还要搞好深加工,腌制好各种小菜,请刘幸同志考虑拿出一个意见。

一整天,黄书记情绪都很好,腿也不疼了,晚饭时,借着家里人多,黄书记还就搞好蔬菜的冬储工作做了一系列的重要讲话。

从此,黄书记家养成了书面请示的习惯,每天总有十几个报告要黄书记审批。除一日三餐菜谱,儿子、儿媳、女儿、女婿每天的穿着,孙子、外甥每天上学所学课程,老伴每日采购蔬菜、副食品等日常性请示外,像购置大件物品,接待来往客人,出差旅游探亲等重大事项,往往都要打几次报告。尽管报告文字很短,且内容大多重复,但黄书记批示却极为认真,有时批示的文字甚至比报告本身还要长。

说来也怪,打这以后,黄书记所有的病痛都好了,又是那么容光焕发、神采奕奕。有人问黄书记健康的秘诀,黄书记寻思了半天,说:"常批示。"

(范 凌)

你是谁

局长荣归故里,大摆筵宴,风光显赫。

局长夫人靓丽清新,小鸟依人。

席间,局长携夫人向他的老师敬酒。老师豪饮三杯,指着局长夫人问:"你叫魏、魏什么来着?"

局长夫人俏脸一红。

局长笑道:"她叫马丽丽。"

老师说:"我记得很清楚嘛,她姓魏,叫魏什么,原先又矮又胖,怎么现在这么苗条啦?"

局长夫妇面红耳赤,不知如何作答。

有人笑老师孤陋寡闻,急忙俯耳低语,老师方才恍然大悟:"哇,第三届老婆啦!"　　　　　　　　　　　　　　　（秦德龙）

做鬼难风流

半年前,吴乡长嫖娼被活捉,结果让县里撤了职,并通报全县。撤职以后,吴乡长一病不起,不到半年工夫就死了。

吴乡长岁数并不大,要是没有这事,很可能会再升一级,就这样死了,家里人非常伤心,儿子和女儿打算好好地给他办一办丧事,以告慰他的在天之灵。

搭灵棚、找吹鼓手,自不待说,儿子还到一家做纸活的花圈寿衣店,让店里的人给他扎冰箱、彩电、汽车、洋房,还特意关照给扎一些年轻漂亮的小姐。

你别说,这家纸活店的手艺真不错,别说那些汽车、洋房逼真得不得了,就是扎出来的小姐,也一个个搔首弄姿、媚态十足。

出殡这天,场面十分热闹,吹鼓手"呜哩哇啦"地吹着,光是拉那些纸糊的东西,就用了两辆车,围看的人里三层、外三层。

有人开玩笑说:"乡长哪有这么高的待遇?看样子,吴乡长到那边是提了。"

"哈哈!"四周一阵哄笑。

吴乡长下葬以后,他儿子和女儿跪在坟前,为爹爹烧那些纸扎的祭品,一边烧,一边嘴里念念有词:"爹,我们特地给您送去几个小姐,您在那边好好享用吧!您要保佑您的儿孙们过上好日子……"

正在这时,忽听身后传来喊声:"好你们这些冤家,你们可够孝顺的!"

众人回头看时,见是吴乡长的老伴。本来为怕她伤心,吴乡长的儿子特地找了几个人在家陪着她,没让她来送葬,不知道她什么时候跑出来的。

只见她手里拿着一根棒子,跌跌撞撞地走过来,边喊边把那些还没有烧着的小姐打翻在地:"这死老头子,活着的时候就整天和小姐鬼混,根本不管我,死了你们又给他弄了这么些狐狸精,他不更成风流鬼啦?等我死了怎么办?我活着的时候指望不上他,让我死了还指望不上他吗?"

周围一片哗然。

(黄自昌)

大闹手术室

　　老胡患急性阑尾炎住进了医院,需要动手术。

　　老胡头脑活络,先让妻子赶紧去打听主刀医生是谁,然后塞上"红包"。手术时间快到了,妻子回来告诉老胡:一切办妥了。

　　老胡被推往手术室,护士们安慰他:"不要紧张,今天给你做手术的冯大夫,是北京医科大学毕业的博士。做这种小手术,只不过是小菜一碟。"

　　老胡的妻子在一旁也说:"是呀,一看人家冯大夫,就像有学问的人,连说话都那么客气。"老胡忐忑不安的心这才渐渐平静下来。

　　此时,护士们已将手术前的准备工作都做好了。这时候,主刀医师冯大夫来了,他来到老胡身旁,一边做准备,一边也安慰老胡。

可谁知老胡一看到冯大夫，却脸色大变，连说话声音都变了："不，我不做手术了，快推我出去！"

大家都安慰他："别紧张，别紧张！"

老胡想翻身爬起来，护士们拼命按住他。

老胡急了，嚷道："不行，我就是疼死也不让他给我开刀！"说完，他猛地从手术台上跳下来，向门外逃去。

妻子正等在门外，看老胡出来了，疑惑地问道："好了？"

老胡气呼呼地说："好个屁！"

妻子生气了，说："没好？那你跑出来做啥？为请专家开刀，我们送了好几百块钱的红包哩！"

"什么专家，什么北京医科大学的博士，统统是假的！"老胡又急又气，"他那张博士文凭，是前不久花一百块钱让我给做的！"

（王泊村）

刘三出手

刘三从小就没好好读书,专做偷鸡摸狗的事。

这天,他溜进一户人家,里里外外翻了个遍,没找到什么值钱的东西,不由骂了声:"嘿,晦气!"他想走,可一琢磨,自古贼不偷空啊!于是又四下摸起来。最后摸到桌子上那两大摞稿子上,他心想:哪怕拿回去擦屁股也好啊。

这时,门外传来了一阵脚步声,刘三来不及多想,抱起那两摞稿子就越窗逃走了。

刚拐了个弯,有人问他:"大哥,这东西您卖吗?"问话的是个收废品的,正眼巴巴地看着他手里的"宝贝"。

刘三点点头:"卖呀! 死稿子换活钱,有什么不好!"

收废品的一过秤,说:"一块八,给你两块吧!"

"什么?"刘三一听,头发都立起来了,"我出一回手才两块?"

收废品的还挺认真:"六角钱一斤,三斤高一点点儿,给两块还少吗?"

刘三急了:"你论斤买啊?"

收废品的也瞪眼了:"你还想论什么卖呀?"

这时,又过来一个人,一边看那稿子,一边听他们争吵。

刘三就对那人说:"这位先生,您给评评理,这玩意儿就值两块吗?"

那人问:"我说老弟,这稿子哪儿来的?"

"哪儿来的?"刘三愣了一下,"我……我的。"

那人又问:"你写的?"

刘三这会儿镇定多了,一拍胸脯:"对,我写的。"

那人摇摇头:"写得这么好,怎么舍得卖呀?"

刘三装出一副谦虚的样子说:"我感觉一般嘛。"

那人打量了刘三一番:"你要是觉着论斤卖亏,就卖给我好了。"

刘三小眼睛一亮:"你怎么买?"

那人说:"我不论斤,论字。一千字我给你 50 块,你这稿子大概是 10 万,用我们的话叫 100 千,总共是 5000 块,行不行呀?"

刘三一听 5000 块,差点儿晕了,哪还有说"不行"的。

于是,那人先付了 100 块定金,还给了刘三一张名片,叫他明天按照上边的地址去找他要钱。

刘三多少认识几个字,一看那人是一家杂志社的总编辑,姓牛,就学着电视剧里的样子说:"牛总放心,明天我一定去。"

要不怎说贼人心眼儿多呢,刘三又提出稿子各人留下一半,明天一手交钱一手交货。

那位牛总编辑也是痛快人,当下就答应了。

这一夜,刘三可睡不着了,好不容易熬到天亮,捧着那剩下的一半稿子,就奔杂志社去了。

可他刚踏进牛总编辑办公室,两个穿警服的人就上来"咔嚓"把他铐住了。

原来,这摞稿子的作者,是著名作家景昆先生。这事儿正巧被牛总编辑撞上,还有刘三好果子吃吗?

刘三知道了事情的真相,非常后悔地说:"早知道这样,我真该论斤卖,两块就两块吧……"

（崔　亮）

讽 刺 篇

人世间最恶劣的谎言——自己欺骗自己。

得不偿失

　　三科科长王士立力挫群雄,即将接任副局长的空缺。局长告诉他:提升他为副局长的报告已呈送上去,接着免去了他的科长职务,并带他到几个基层单位去熟悉情况。半个月后,公布任命决定,却让局办公室主任胡康达担任了副局长。王士立惶惑了,称病在家里发了两天闷。

　　这天晚上,局长和新上任的胡副局长上门来了,他们送来一大袋营养食品、滋补物和时鲜水果。两位领导一张口,就对王士立长期带病坚持工作表示敬佩之意,并再三检讨对他关心不够。副局长说:"你爱人到办公室报销医药费,我才知道你的病情,向局长汇报以后,局长也大吃一惊。你得了这样重的病,还经常加班加点工作,上省城、跑基层,四处奔波,不辞劳苦,真是我们学习的榜样。"

王士立越听越糊涂:我不过在家休息了两天,你们何必小题大做? 连忙申明自己身强力壮,不劳领导操心。

这样一说,两位领导更加感动。局长轻轻拍着他的肩头,劝慰道:"同志啊,不能再逞强了! 身体是革命的本钱,应该为革命爱惜身体啊! 组织上本来要给你的肩头上加担子,可你的身体状况却不能胜任。这不已经给革命造成损失了吗?"

两位领导殷切地嘱咐他,干革命来日方长,治好了病再大展宏图。

送走客人,王士立立刻问妻子,到办公室去报销医药费是怎么回事。妻子说:"俺爹上次去医院查病,我用了你的公费医疗证。前两天你们办公室来催报销医药费,你在外出差,我就送去了,一次就报了一百来块,这不等于白捡了?"妻子没注意他的脸色,越说越得意。

"你爹检查结果是什么病?"

"晚期肝硬化。"

王士立脑袋里"嗡"地一声,颓然瘫倒在沙发上。

(陶世琼)

局长家的狗

　　局长家养了一条千金不换的狗。

　　这条狗有个讨局长喜欢的习惯：有人来串门做客，它若看到来人空着两手，就会猛咬猛挡，不让你进门；客人走时，不管你手里提的什么东西，哪怕是只空篮子、空包，它也会拦住去路，大嚷大叫，非让你把东西留下不可。所以局长把它看成掌上明珠，疼爱有加。

　　一天，局长和夫人都出去了，家里只剩那条看家狗独守空房。

　　过了一会，来了两个小偷，他们鬼鬼祟祟来到院门前，撬开院门，一人手中提着一只空袋子。可是刚进门，他们便被那条看家狗发现了。那狗抬头瞄了一下两人手中的袋子，以为这是两个上门送礼的客人，便睁一只眼、闭一只眼地卧在地上，一声不响。

两个小偷以为是一条不管用的癞皮狗，便大着胆子，弄开房门，把存折、金银首饰、录像机等所有值钱的、搬得动的东西装了满满两袋子，然后兴冲冲地背起袋子就往外跑。

哪知他们眼中的那条癞皮狗却像突然睡醒的雄狮，龇牙咧嘴，狗眼圆睁，颈毛直竖，尾巴紧紧夹在屁股中间，堵住去路，拉出要与他俩决一雌雄的架势。

两个小偷着实吓了一跳，心想：人有吃错药的时候，难道这狗也……一场人狗大战在所难免！两人互相递个眼色，不禁心里发毛，虚汗直流，不敢轻举妄动，连身上沉重的袋子也不敢卸下，恐怕这位狗仁兄误会，来个狗嘴不饶人。

双方正紧张地僵持着，局长恰巧回来了，他看到大门洞开，两个陌生人各背了一大袋东西，呆呆地站在院中，立即明白是小偷上门来了。

局长急得刚要转身喊人帮忙，可巧看见了两个大盖帽。局长好像在沼池烂泥里抓到一根救命稻草，一边掏出手绢擦着额头上的汗，一边喊着："警察同志，抓小偷！"

警察刚想上前，谁知那条狗却不分敌我，突然扔下两个已经吓得丧魂落魄的小偷，掉头转向警察，"汪汪"狂吠起来，像头被激怒的斗牛。

局长见了，十分尴尬，只得红着脸说："你们需要带点东西来，否则狗不会让你们进去，这是它多年养成的习惯……"

两个警察相视一笑，亮了亮手中的手铐。

狗立即停止了狂叫，摇摇尾巴，闪开身子，卧在了一旁。

在警察面前，小偷只好把两只袋子交出来，乖乖地束手就擒。

"东西都是你家的吗？"警察盯着两大袋东西问局长。

"是的。"局长脸上满是笑容,他得意地一挺肚子,幸灾乐祸地瞥了瞥两个倒霉的小偷。

"你也得到公安局去!"警察说。

"为什么……"局长嘀咕了一句,身子突然好像矮了半截,刚才的威风不知跑到哪里去了。

"你犯有贪污受贿罪。"警察掏出拘留证递给局长,又指了指袋子里的赃物和那条看家狗,说,"我们是奉命来的,这些就是证据。"

(张泉森)

自由捐款

　　最近,县里决定建一家三星级宾馆,为此向各乡下达了集资任务,柴西乡也摊到了 20 万元。

　　为了完成这一光荣任务,柴西乡的孙乡长亲自召开了乡机关全体工作人员捐资动员大会,他要让机关干部先带个头,然后再面上铺开。

　　通知八时的会,等到九时半才到了二十几个人。孙乡长将一个用肥皂箱糊成的大红捐款箱放到身后一张方桌上,又叫办公室主任拖过一扇屏风挡住,然后拉开嗓门说:"前几次捐款,搞记名、限额,大家都有意见,说是乱摊派! 好,这次改变一下方式,搞暗捐,捐多捐少凭大家能力。为了不让个别有困难的同志捐少了当众难堪,我用屏风把捐款箱隔开,这样,大家各捐各的,互相看不到,各位总该没意见了吧?"

"好——"与会者听说这次是自由捐款,都不约而同地鼓起掌来。

孙乡长突然感到有些不放心了,他又提醒道:"这一次虽然搞自由捐款,但大家分寸还得把握。咱们机关是各单位的龙头,在座的都是干部,都有一定的思想觉悟,一定要为各单位带出个好样来。我作为一乡之长,先带个头吧。"说着话,孙乡长从上衣口袋掏出四张面值 50 元的钞票,笑吟吟地走到屏风后,将它们塞进了捐款箱。

孙乡长好头一带,全体乡干部闻风而动,不一会儿,屏风前就排起了长队,有人捏着 50 元,有人捏着 100 元,一个轮着一个地到屏风后面,将钞票投进捐款箱。

孙乡长见捐款如此顺利,不由得眉开眼笑。他心里想:照这样的效率,全乡二十几个村,再加上直属单位,要完成 20 万任务那可是三只指头捏田螺——不费吹灰之力。到时自己又要上台去领奖啦!

终于,最后一位捐款者走出了屏风,孙乡长高兴地朝办公室主任嚷道:"开箱点钱!"

然而,就在这时候,乡党委秘书拿了一张纸,跌跌撞撞从门外跑进来:"孙乡长,刚收到县里电传,建宾馆集资被市'减轻农民负担检查组'列为'乱摊派'项目,已明令禁止。要求没集资的单位,立即停止集资;已开捐的单位,立即全额退还!"

全场一听此话,一双双眼睛都盯上了孙乡长。

孙乡长接过电传,翻来覆去看了许久,心里不住地嘀咕:这钱,谁都没做记号,捐进来容易,退出去难,要是碰上一个不老实的多报一个数,岂不要出乱子?

孙乡长反复权衡,终于有了办法,他把手一挥,对大家说,"干脆这样吧,这钱都不退,把它拿到醉仙楼,按最高标准摆上两桌,大家聚一回,怎么样?"

"好——"大家一听上馆子,都高兴得蹦了起来。

于是,孙乡长叫办公室主任提上捐款箱,带上二十几号人浩浩荡荡开到醉仙楼,把什么鳖鱼、石鳞、茅台、人头马……凡是店里最好的酒菜,全点上桌。

这一帮人大多是一般干部,平时开荤少,见到满桌平时难以见到的山珍海味,都放开肚皮开始了"大扫荡"。

酒足饭饱,孙乡长一声令下,叫办公室主任开箱结账。然而,办公室主任把捐款箱拉开一道口子,朝桌上倒钱的时候,一桩怪事出现了:捐款箱里怎么也倒不出钱来。孙乡长感到不对劲,吐了嘴里的牙签,一个箭步冲过去,"刷"把捐款箱撕成了四瓣,他的脸一下子白了:里面没有一分钱!

大家都明白了这是怎么回事,一个个都尴尬地愣在那里。最后还是孙乡长反应快,挺挺大肚子,说:"既然大家都如此带头,那么这顿饭钱还是由公家报销吧……"

(谢元清)

压岁钱

　　正月初一这天一大早，计划科柳科长就被老婆催促着去给杨局长拜年。临走时，他把几斤苹果、一串香蕉往老婆眼前一晃，说："我带这些东西够吗?"老婆斜了他一眼，嗔怪道："瞧你这小气样，这点东西到同事家里去还差不多，可人家是局长，是你的顶头上司。傻瓜，你上次不是说他还有半年就要离休了吗?现在正在物色接班人，你这时候不拍马屁，什么时候拍?"

　　一句话说得柳科长心里痒痒的，于是问老婆："你说，还该加点什么?"老婆一把将苹果、香蕉夺过去，说："什么也不要加，人家哪会稀罕这个! 拿着，杨局长和他儿子住在一起，这两百元钱你就给杨局长的孙女儿作压岁钱。"

　　于是，柳科长兴冲冲地来到了杨局长家里。

杨局长正在沙发上休息，膝上果然坐着一个五岁左右的小女孩。杨局长朝柳科长摆摆手，说："哦，小柳来了，坐，坐。"

柳科长正要落座，只见小女孩摸着杨局长的下巴，说："爷爷，这是谁呀？"杨局长轻轻刮了一下小女孩的鼻子，说："不认识吧，他是爷爷单位里的柳叔叔。"

"柳叔叔好！"小女孩真是讨人欢喜，"呼"地一下从杨局长膝上滑下来，欢叫着撒开两手，向柳科长跑来。这不正中柳科长下怀？柳科长连忙把两百元钱从口袋里掏出来，当着杨局长的面塞给小女孩，说："小朋友，你真懂礼貌，叔叔给你压岁钱。""谢谢柳叔叔！"小女孩接过钱，小鸟依人般地又爬到了杨局长身上。

这时，从门外进来一位年轻妇女，柳科长猜想她是扬局长的媳妇。果然，那小女孩喊了声："妈妈！""咯咯"地笑着叫着，从杨局长膝上"吱溜"滑下来，扑进了年轻妇女的怀里。年轻妇女微笑着朝杨局长和柳科长点点头，牵着小女孩的手，说："莉莉，咱们回家，跟爷爷再见，跟叔叔再见。"随后，母女俩便离开了杨局长家。

不是说杨局长跟他儿子住在一起的吗，怎么现在分开了？柳科长心里一个"咯噔"，不过他初次上门，也不便多问，喝了会儿茶，聊了几句，也就告辞了。

走在回家的路上，突然，柳科长发现杨局长的女儿牵着小女孩，正和一个男人并肩走着。只见小女孩指着路旁一家食品商店，说："爸爸，我要吃巧克力，我现在有好多好多钱，是一个叔叔给我的。"

柳科长一看那男的，立刻愣住了。这不就是和自己争夺局长宝座的经营科科长陈功才吗？看着他们一家高高兴兴地走进商店，柳科长恨不得立刻奔过去，从小女孩手里把压岁钱夺回来。

（潘建玲）

熟　　人

电机厂有个 25 岁的年轻人,叫吴大明,由于能说会道,特别是会攀亲,见到有权有势的,不是他姨妈媳妇的舅舅,就是他姑父哥哥外甥的亲戚。所以大家给了他一个绰号,叫"无不熟"。

一天,他姨妈给他介绍个对象,叫珍珍,在市工具厂工作。姑娘粉面桃腮、细皮嫩肉,论长相,没说的,正是他梦寐以求的美人。两人见面一谈,很有缘分,都觉相见恨晚,于是很快就如胶似漆、难舍难分了。

这时,刚好电机厂分一套房,二室一厅,有厨房有厕所,崭崭新新,漂漂亮亮,哪个不眼红呢? 但由于僧多粥少,厂职代会决定:优先分给那些已经结了婚的职工。没有结婚证的,对不起,仍住集体宿舍。吴大明与珍珍一商量,既然两人情投意合,就赶紧去领结婚证吧！不想姑娘的年龄才21岁零9个月，还没到法定的结婚年龄，所以，单位不给开证明。吴大明一听急了，再过三个月，过了这个村就没这个店，房子都是人家的了。

他知道，如今办事，三张证明，不如一个熟人。暗中一侦察，办事处发结婚证明的也姓吴，叫吴古中，是从西江市新调来的。

吴大明眼珠子一转，有了主意。这天，他和珍珍一起去登记处，进门就故作惊讶地说："哎哟，吴大叔，什么时候调这里了？"

吴古中一听他开口跟熟人似的，可又一时实在想不起在哪儿见过，有些不好意思地问："你是……"

吴大明哑巴吞萤火虫——心知肚明，本来就没见过嘛！他见吴古中的面色，晓得这第一着棋没走错，就接着说："不记得了？真是贵人多忘事，三年前，我在西江时，不是常见面吗？"

他这样一说，吴古中倒也他乡遇故知似的，变得客气起来，只是还想不起他是谁，就问："三年前，你也在西江？"

吴大明一看搔到痒处，赶紧趁热打铁："对，对！我姓吴。"

吴古中想了一会，恍然大悟道："哦！你是那个外号叫'吴三毛'的？"

"对！对！就是我。"吴大明赶忙接过话来。此刻，他甭提心里多高兴了，尽管心里知道对方认错了人，但目的就是要他认错呀！吴大明得意地瞧瞧珍珍，会心地一笑：怎么样，没费吹灰之力吧！

不料吴古中有意无意好心地问："提前释放啦？"

吴大明一听，不由瞪起眼睛，怒气冲冲地看着吴古中，差点没破口大骂。

吴古中一看苗头不对："怎么，你不是因为强奸幼女被判刑八年，在新生煤矿劳改吗？我三年前是那里的看守呀！"

"啊！"

"啪"吴大明挨了珍珍一记耳光，眼睁睁看着她夺门而去……

　　　　　　　　　　　　　　　　　　　　　（邱开文）

牌匾

　　张县长上省城参加会议,领到一块全省精神文明建设先进县的牌匾。开完会,张县长把牌匾往宾馆的床底下一塞,扭头叫司机上了街。

　　临来时,张夫人交待他去省城最有名的霞美照相馆,把他们上次补拍的结婚照取回来。张县长不敢怠慢,取了结婚照,又特地配了一个大镜框。

　　晚上,张县长和县委刘书记通了话,商定第二天中午十二点左右,县里五套班子全体成员和部分机关干部、学校师生在县城南门外召开大会,载歌载舞欢迎张县长带匾归来。届时,县电视台还要现场摄像报道。

　　从省城到县城300多公里,小车早上出发,十一点半就到了距县城五里路的清兴庄,张县长叫司机停下车,方便方便,尔后一边整整自己的衣服,一边叫司机将那块牌匾找出来。

许久,司机神情紧张地报告:"县长,牌匾没有了。"

"不可能!我亲手领回来的嘛!"张县长跳下车来,帮着找牌匾。

后备箱所有的东西都搬了下来,一件件地清理,真怪,就是没有牌匾。张县长又把小车座位上堆的东西都搬下来,还是没有。他拍着脑袋想了半天,突然想起自己把牌匾放到床铺底下了,"糟了,一定是忘在宾馆了!"

此时,从县城方向隐隐传来鼓乐之声,张县长看看表,快十二点了,欢迎队伍是来迎牌匾的啊,没了牌匾怎么办?张县长急得双脚直跳。司机怕县长责怪自己,胆怯地说:"县长,我倒有个办法,不知行不行?"

"什么办法?你快说!"

司机指着张县长夫妇照片的大镜框,说:"这个镜框和牌匾大小差不多,我正好给女儿买了一块红绸子,蒙在镜框上顶牌匾,混过欢迎的人再说。"

张县长犹豫再三,猛地一跺脚:"偷梁换柱,现在也只能这么办了。"

在鼓乐声中,张县长手捧蒙着红绸的镜框下车,县里各位领导纷纷迎上前来。张县长一只手紧紧把镜框抱在怀里,另一只手不停地与大家亲切握手。

主持仪式的李副县长手一挥,鼓乐停了,先是刘书记讲话,接着县委宣传部郑部长、县妇联华主任、县团委邱书记等一个个上台讲话,张县长笑容满面地站着、听着,手里却始终警惕地抱着那个蒙红绸的镜框。

李副县长高声说道:"最后,请张县长讲话!"

张县长抱着镜框走到扩音器前,娓娓动听地向大家叙述了参加表彰大会领奖的经过。说着说着,他不免激动起来,提高嗓门大声说道:"这是我们全县的光荣,我们要谦虚谨慎,再接再厉,把我们县精神文明建设搞得更好,迈上一个新的台阶!"讲到最后一句话的时候,张县长觉得应该做一个动作,表现出一种气势,于是把镜框使劲往上举了一下。

恰在这时,一阵轻风吹过,张县长光顾高举镜框,手没有抓住红绸,于是,那块美丽的红绸就轻轻飘了起来,露出了张县长夫妇那灿烂的笑容。

"哇!"张县长和所有在场的人都不约而同地喊了起来……

（范　凌）

创收

最近,福和搬进了新工房。也真应了一句老古话,叫"乐极生悲"。福和自打乔迁新居,就平添了许多烦恼,每天不分早晚,也不管你的情绪是好是坏,总有人"砰砰砰"地敲门。

原来,福和的对门邻居是个姓姚的局长,每天总有来人找他"意思意思",因为来人太多,常有敲错门的。每遇这种情况,福和总要骂一句:"摊上这样的邻居,真是倒了八辈子霉了。"

抱怨归抱怨,叹息归叹息,总得想个法子才是。福和眉头一皱,计上心来。他在门上贴了张纸条,上写:姚局长住对面。这办法还灵,福和家从此太平了。

想不到太平了没半年,敲门声又卷土重来了。原来,姚局长搬了家,可那些不知道的,依然到这里来"意思意思",于是就敲到了福和门上。这一来,福和不得不把原来的纸条撕下,重新换上一张新写的纸条:姚局长已搬迁。

殊不知这样一来,敲门声不仅不止,而且敲得越来越响了,因为来人要询问新址。福和见这办法不灵,于是重写了第三张纸条:姚局长已搬迁,不知新址,若再敲门,罚款10元。福和知道姚局长家的新址,但他不想再多掺和。

福和看着自己新贴的纸条,轻松地舒出一口气,正欲进屋时,不知是哪根神经灵气大发,他突发奇想:我何不用此机会搞个创收呢?

于是福和重新写了一张纸条贴于门上,上写:姚局长已搬迁,若问新址,请付18元咨询费。想不到这招还真灵,自从这张纸条贴出后,他每天能收进好几张"大团结",一年后,福和竟也有了一笔不菲的收入。

(魏海亮)

禁　赌

　　有一个派出所长,自称是"禁赌模范"。一天,他去乡文化中心,见两个老头正下完一盘象棋,其中一个拍着大腿说:"哈哈,我赢啦,快发香烟!"

　　另一个说:"应该,应该,我发。"说着,他便从口袋里摸出烟来,递给赢棋的那个。

　　所长见了,心里想:连下象棋都赌起来了,这还了得? 于是走到两位老头面前,摸出罚款单,说:"你们下象棋赌博,违反治安规定,罚款十元!"一个老头说:"什么赌博? 只不过是一支香烟!"

　　所长说:"一支香烟也不行,偷牛从拔葱起,赌博都是从'小意思'开始的!"两个老头听了,只得自认倒霉。

其中一个老头垂头丧气地回到家里,见隔河一幢新楼房前停了几辆轿车,就问老伴:"停了这么多轿车,来了啥贵客?"

老伴气呼呼地说:"什么贵客,是一批赌鬼,从早晨赌到现在,还没有停过!听说都是大出大进,钞票要用尺子量。"

老头听了,觉得应该向派出所报案,于是便打电话。

那所长接到电话,劲头来了:这可是个立功的好机会呀!于是立刻召集全体警员,出发抓赌。

这时候,天空飘起了雪花,北风也一阵紧似一阵,所长带领几名得力警员,冒着零下五度的严寒,向目标扑去。他们把那幢楼房紧紧围住,然后所长亲自走上二楼,刚到门口,就听见里面有人在说:"哈哈,我和啦!"

所长见正是火候,就猛地一脚把门踢开,一个箭步冲了进去,大喝一声:"一个也不许动!"

里面朝南坐的一个人见是所长,一拍桌子大声吼道:"他妈的,你来干什么?扫我的兴!"

所长一看赌博的竟是乡长,怔了片刻,连忙脱下身上的大衣,堆起满脸笑容:"嘿嘿,外面风雪很大,我是替你送大衣来啦!"

说着,所长把大衣披到了乡长的身上……

(石　螺)

提前送别

那天,陈老板拿起老婆交待买的一袋子东西,正准备离开办公室,那部保密的红色电话突然响了。知道这部电话号码的都是交情特殊的人,陈老板便连忙拿起电话,原来是谭局长打来的。

"谭局头啊,有何指示啊?"陈老板笑着问。他跟谭局长的交情不是一天两天了,当面总是逗乐地叫他"谭局头",背底里却叫他"贪局长",因为本地方言里"谭"正好跟"贪"谐音。

"我是公仆,哪敢指示你这个大老板?"谭局长咳了一声,立即转入正题,"是这样的,我下午想出去转一转,跟你打个招呼。"

陈老板"哦"了一声,心里什么都明白了,不由嘀咕着:"真是个贪局长啊……"但是他不能发作,所以仍旧和和气气地说:"你是在家里吧？我马上过去,提前跟你送个别。"

陈老板放下电话,叹了一声,还是打开了保险柜,取出两万元现金,找了一只塑料袋装了进去。谭局长每次出门,总会跟他打个"招呼",他总是不得不"提钱"去送别。去年六月,谭局长到香港旅游,他送了两万港币;今年八月,谭局长去美国考察,他送了五千美元。谭局给公司批过不少条子,今后许多事还要靠他关照,该"出血"还是得"出血"。就这样,陈老板提着两只袋子,出门上了私家车,往谭局长家开去。

到了谭局长家,一看他似乎准备要出发了,衣着一新,满脸带笑,他的密码箱打开着放在桌上,里面放了衣服、香烟、磁化杯等日用品,满满当当的,只是恰到好处地剩下一个不大不小的位置。陈老板把手上那袋子钱放了进去,把密码箱关上,转过头对谭局长说:"你要出门,我没空陪你,送点小钱,你路上零花吧。"谭局长朗声笑着,拍了拍陈老板的肩膀,说:"你真是客气! 好吧,过几天我回来,咱们再好好聊聊!"

陈老板祝谭局长一路顺风,然后便向他告辞了。回到家里,陈老板看到老婆在大厅里摆好了祭桌,今天是她父亲三周年祭日,她上午才临时决定祭拜一下。老婆问他:"叫你买的东西呢?"

陈老板讨好似的说:"老婆交待的事,本老板总是优先考虑。喏,在这儿,一百二十亿元,够你父亲用一年了。"陈老板打开塑料袋,一看傻眼了:袋子里是两叠人民币,也就是说,他把老婆交待买的一百二十亿地府冥币当作人民币送给了谭局长。"糟了!糟了!"陈老板遇到鬼似的大叫起来。老婆忙问他怎么回事,他指着塑料袋,苦着脸说:"你看你看,我错把冥币送给了谭局长!"老婆哭笑不得,说:"你呀你,你这不是诅咒人家吗?"陈老板心想:是啊,谭局长发觉后不生气才怪呢! 无论如何,得立即找到谭局长,把冥币调换回来! 陈老板这么想着,当即奔出了家门。

　　陈老板开着车,风风火火地往谭局长家赶去。眼看拐过一条街就到谭局长家了,不料前面堵车了,一问是发生了交通事故。陈老板正心急火燎,这时,一个在这里指挥交通的交警走了过来,陈老板正好认识他,连忙摇下车窗,问他到底怎么回事。

　　交警说:有个当官的无照开车,横穿大街,被一辆大货车撞倒,车被撞了个稀巴烂不说,人也当场毙了命,现在警察正在勘察现场。交警接着又说:"那人好像是你朋友。"陈老板忙问:"谁?""谭局长。"

　　陈老板心里"咯噔"一沉,呆住了:天哪! 天底下竟有这等惊人的巧合? 我错送给他冥币,他就马上到地府"消费"去啦……

(何葆国)

别有隐情

老凯这几年成了大款,可他自从发达以后就变得心胸狭窄起来,对身边的一些职员越来越不放心,总是怀疑他们在暗地里偷着占他的便宜。

老凯的手下有个叫小艾的年轻人,这天,老凯让小艾去很远的一个城里结算一笔货款,并把款子带回来。老凯为小艾买好了往返机票,并严格规定了行程路线和办事程序,小艾当天就启程了。

时间过得很快,一转眼就到了小艾归来的日期。班机着陆的时间是上午9点30分,正常情况下,小艾应该在10点之前回到公司,可到了11点30分,小艾仍没有露面。

秘书小姐很快和机场通起了电话,只听"叭"的一声,话筒从小姐的手里掉到了桌上。

小姐脸色煞白,颤抖着声音说:"老总,机场说……那次班机失事了……"

老凯先是一怔,接着捶胸顿足、号啕大哭。他手下的员工都感动得抹着眼泪,有人劝慰老凯:"小艾的遇难实属意外,完全不必过度悲痛。"老凯抹了把眼泪,摆了摆手,说:"我不是为这个难过啊……"

于是,又有人劝慰老凯:"老总,至于那笔货款,您更不必去心疼它,区区几个钱,对于我们公司来说,简直是九牛一毛。"

老凯抹了把鼻涕,摆摆手说:"我也不是为这个难过啊……"

不为这,不为那,那么老凯到底为什么这样极度悲伤呢?

在场的人正一头雾水,只见老凯一把鼻涕、一把眼泪地说:"你们都不知道啊,为了考验小艾……为了防止意外,我……我让我的儿子化了妆,一路跟踪,寸步不离地监视着他呀……"

(张国心)

乡长唱歌

柳下乡胡乡长天生五音不全,却喜欢唱卡拉OK,特别是喝了酒后,他总要到卡拉OK厅放开嗓门叫一叫,才气通心顺。当然,这也不能怪人家,因为自从他当上乡长以后,每一次听他唱歌的人总是掌声雷动,一个劲地叫好,时间一长,胡乡长还真以为自己的歌唱得好呢。

俗话说:"上有所好,下有所投。"刘家庄有一个姓孙的村委主任,为了投胡乡长所好,特意挤出资金购买了一套卡拉OK设备,以便让胡乡长下乡可以就近"OK、OK"。

这一天,胡乡长又到刘家庄下乡,中午酒足饭饱,胡乡长又带手下一班人马和孙主任在村部"OK"开了。

也许中午胡乡长多喝了几杯,歌兴特别浓,他唱完一首《纤夫的爱》，又唱《好汉歌》；唱完《好汉歌》，又要唱《心太软》……
胡乡长捏着话筒不松手，专拣高难度的唱，就像开个人演唱会。
孙主任一会儿给胡乡长献花，一会儿给胡乡长敬酒，跑上跑下，
忙得脚打后脑壳。

胡乡长正唱得起劲，忽然，"咚咚咚"有人敲门。

孙主任把门打开一看，是住在村后的刘老头，只见那老头哈
了一个腰，苦起脸说："你们别……别……别唱了好不好？"

孙主任一听，满肚子不高兴，把脸一板，说："你这老头，好不
晓事，人家胡乡长难得来咱们村一趟，空闲时间唱唱歌，娱乐娱
乐，放松放松，有什么妨碍你的？去去去！"说着，他把刘老头推
出了门外。

打发走刘老头，孙主任把门一关，给胡乡长赔了一个不是，
又重新点一首歌，让胡乡长唱起来。

然而，刚唱了不到一刻钟，"咚咚咚"刘老头又来敲门了。

孙主任打开门，刘老头递上一支烟，赔着笑脸说："孙主任，
求求你，能不能不唱了？"

孙主任一听火了，指着刘老头的鼻子说："你这老头，平时三
百六十五天唱歌你都不管，今天你到底中什么邪了，尽来扫我们
的兴？咱们种田的又没有午休，唱唱歌关你什么事？再捣乱，小
心我把你抓起来！走、走、走！"说着，又要赶刘老头走。

可是这回，刘老头却坚决不肯走了，他两手撑着门框，皱巴
着脸，央求道："孙主任，你们如果实在要唱，就请您帮帮忙，到门
口诊所帮我说个情，让医生开一些安眠药给我吧！"

孙主任感到奇怪："安眠药到处可以开，干吗要说情？"

刘老头叹了一口气，说："开是可以开，可是，多开医生不给，
少开剂量不够，分开来开又……又……又不管用。"

孙主任更觉奇怪，瞪大眼睛问："你要那么多安眠药干什
么？"

"这……这个……"刘老头急得舌头打结,不知从何说起。

"你少给我'这这这、那那那'的,快说,要那么多安眠药干吗?"孙主任觉得这里头有名堂,提高嗓门迫问道。

"你听,里头那人唱歌,像……像……"刘老头吞吞吐吐的,想说什么又打住了。

"像什么呀?"孙主任紧迫不放。

刘老头急得跺了一下脚,把头一扭,说:"咳!实话给你说了吧,我家那头母猪,刚好这两天发情,你这边一唱,我实在是关……关……关不住呀!好端端的一个猪栏被拱得……"

刘主任一听明白了,把脸一拉,骂道:"浑蛋,你敢说咱们乡长唱歌像公猪叫呀?"

刘老头这回也不相让了,梗着脖子说:"你听,这不是明摆着的嘛!"

(谢元清)

荒　　诞　　篇

　　头脑简单的人有了虚荣心，往往会干出种种荒唐事。

狗问题一致通过

几个月前,卞经理家养了一只活泼可爱的小狗,经理夫人阿风非常欢喜,时不时地把小狗抱在怀里,梳理它的毛,抚摸它的头,还为它取了个响亮的名字:赛虎。这赛虎在卞经理家天天吃香的、喝辣的,身子骨日长夜大。如今赛虎已经长成了一条大狗,慓慓悍悍,威威武武,不但是阿风的宠物,更得卞经理的喜爱。卞经理出门,带着赛虎,更显出几分威武、几分派头。

不料好景不长,近来因狗患成灾,听说马上要有文件下来,严禁在市区及近郊养狗。有的地区甚至已经成立了打狗队,挨家挨户搜捕家犬。万一真要采取行动,赛虎怎么办?卞经理夫妇急得坐立不安,两个人围着这只爱犬在房间里团团转。

卞经理到底不愧为经理,经过一夜的冥思苦想,第二天一早,他立即给四个副经理家里挂电话。上午准八点,公司经理会议在小会议室开始了。

卞经理把打狗动向给四个副经理交了底,那沉重的语调深深地打动了四位副经理的心。接着卞经理又慷慨激昂地大谈特谈狗的伟大贡献,很多地方有义犬亭、义犬塔、义犬岭,这都是为狗树立的功绩丰碑。四位副经理听得入迷,就像孩子听妈妈讲故事一般,霎时间便涌起了一股尊狗敬狗之情。

这时,卞经理话锋一转,说:"我家赛虎是猎狗的后代,又有狼狗的素质,还有警犬的机灵,是块好料,我想就把它放在公司值夜班,这样也是一项加强公司安全保卫工作的措施。看大家有什么意见吗?"

"同意!"四个副经理异口同声,一致通过。

卞经理一锤定音:"好,全票通过!"

停顿一下,他望着四位副手轻声说:"至于赛虎的报酬……就免了吧?"

四位副经理怔了一下,立即反应过来,争先恐后地说:"不能免! 那不能免! 应该发工资!"

一个副经理抢先说:"过去我们都是由两个临时工值夜班,从今以后,这两个人的工作完全可以由赛虎担任,这两个人的工资、奖金和福利,理所当然由赛虎领取。"

"理所当然! 理所当然!"另外三个副经理急忙随声附和。

卞经理心里暗暗得意,但他不露声色,嘴上还是劝阻:"赛虎是条狗,怎么好领工资呢? 不行,我不能让别人讲闲话。"

"怎么不行?"一个副经理认真地说,"警犬也要领工资嘛。赛虎为公司值夜班,不但要发给它工资,而且还要发夜班津贴费,节假日加班费,它不穿制服,我看还要发给它制服费,这样才更完善。"

"不行吧?"卞经理依然摇摇头。

"行！就是行！"副经理们个个坚持说行。

最后，卞经理显出无可奈何的样子，说："好吧，少数服从多数，个人服从组织，我服从集体的决定，服从大家的意见……不过，赛虎是条狗，怎么上工资表呢？"

这个新问题使大家沉默了一阵，不过办法立刻就有了，又一个副经理献计献策："给赛虎取个人名，有名有姓便可上工资表了。这'赛'和'沙'听起来差不多，'沙'是百家姓里的一个姓，造工资表就写'沙虎'。"

另外三个副经理一齐叫好。

卞经理说："大家的深情我领了，不过，将来万一有人说我以权谋私什么的……"

四个副经理激动得跳起来："什么以权谋私？那是狗屁！这是公司经理会议一致通过的决议，集体负责！"

"好吧，我服从集体，服从组织决议。当然啦，执行决议不过夜，我马上执行！"卞经理立即给家里挂电话，叫阿凤准备好，当天晚上立即送赛虎到公司来上班。

据说，那晚在公司大院，赛虎受到了四位副经理的夹道欢迎。

（曹中庆）

老虎出笼

老虎饲养员赵三毛,30 岁了,连姑娘们的手都没碰过,男大当婚是必然,为此三毛整天愁眉不展。几天前有人给他说了个纺织工,一共见过两回面儿,人家就提了一大堆不称心,特别是嫌三毛的耳朵有些大,这事叫三毛最伤心。这一天下午快下班,三毛实在烦得厉害,在小卖部买了一瓶酒,边收拾虎笼边喝,没喝了半瓶就有些晕,他把瓶子扔进了老虎夜间休息的后房笼,草草打扫了老虎房,迷迷糊糊就下班往家走,竟连两道门都忘了上锁。

这老虎是一只华南虎,患有多年的胃溃疡,吃东西不多,总想喝水,今天三毛心不在焉也没给它弄水喝,正好三毛的酒流进了食槽里,老虎就试着尝了尝,这酒是低度儿,新产品味道还挺对胃,老虎一口气就喝了半瓶子。

喝了酒的老虎比平时要好动,又遇上三毛忘了搭门锁,老虎没费劲儿就拱开了两道门,大摇大摆地出了笼,它三蹿两跳越过动物园围墙,一口气来到了大街上。

其时已是9点多,路边上停着几辆等待客人的出租车,有一辆车子大开着门,司机正背靠在座位上听着录音机里的"两只老虎跑得快……"他万没料到有一只真老虎已来到他的身后。老虎刚才喝上了酒,这酒的后劲儿还特别冲,老虎感到一阵头晕,顺势就爬进出租车后门,躺在了后排座位上,迷迷糊糊翻了几个身,放开身子就做开了梦。

这时候有个客人过来要搭车,司机微笑着对客人点点头,客人绕过车身来到后门刚要往里钻,一看座位上躺着个毛绒绒的花东西,虽然光线暗看不清,可大致的轮廓不像是狗倒有点儿像狗熊,他定了定神仔细一瞅,我的妈! 是一只大老虎! 正要往外喊,一看司机和老虎都很平静,以为是司机养着的宠物呢,心想这小子可够毒的,世界上也没听说有养老虎玩的,还是趁早躲开吧,他把门一关就溜了。司机还觉得挺奇怪,这个人是不是神经病? 要坐车不往里钻,倒往外跑?

不多时又过来个戴眼镜的姑娘,她打开后门上了车,昏暗中把后座上躺着的老虎看成了虎皮座椅套,往上一坐挺软乎。刚才说了这老虎东西吃得少,肚子正好是凹型,姑娘正巧坐在它的肚子上,所以跟个高级软座差不多,加上醉酒的老虎比较迟钝,姑娘又是苗条身子分量轻,因此老虎也没啥反应。姑娘还思量呢:我坐了多少次出租了,像这么舒服的座位还是头一回。不过她就是觉得屁股下面有点热,还以为是司机大热天开着热风呢,正要让司机换冷气,忽然看到老虎的头来回摆了几下,这下她可看清了,她张嘴还没喊出来,就趴在前座靠背上昏过去了。司机开动车子问了句:"去哪?"见姑娘伏在靠背上不说话,按平时有钱人的习惯，不说话就是照直走，所以司机也不再问，顺着大路就跑起来。

车子路经十字路口，由于晚上没了值班的交通警，来往的车辆也不管红绿灯了，出租车和另一方向开来的一辆面包车脑袋对脑袋谁也不让谁，两辆车都站在了路当中。

这边面包车上坐着一帮游手好闲的小伙子，刚刚酒足饭饱出来兜风，一见这阵势，有一个探出头来大骂，叫出租车司机赶快让路。可出租车司机也觉得挺窝火，说：“我没有闯红灯，凭什么让我来让路？应该是你们给我让开路！”

面包车里的人一听这话，“轰”的一声炸了窝，早就想打架，找不到茬子，“噌噌”几下全下来了，一帮人把出租车围上，吆喝着司机下车来挨揍。

这边出租车司机一看这架势，汗珠子就出来了：这要出去，可就回不来了。他锁上车门，没敢挪地方。

这些人一看司机不出来，就有几个上去拉车门，前门拉不开就拉后门，有两个胖子拉开后门正要上去动手，猛然看到车上躺着一只大老虎，虎身上还坐着一个漂亮姑娘，立时就吓愣了：怪不得这主儿嘴这么硬呢，原来是带着这么个保镖呢，这是老虎呀！人能打得过老虎？好汉不吃眼前亏，该忍还得忍一忍。于是两位又把门给关上了，到前边对出租车司机赔笑说：“对不起了，大哥，刚才没看清是您，大人不计小人过，误会！误会！您先走得了！”说着，乖乖地给出租车让开了路。

出租车司机还搞不清怎么一回事，好容易有个逃跑的机会，一踩油门就消失在夜色中。

车子正跑着呢，后边的姑娘总算醒过来了，拼着全力喊司机：“快……快停车！”

司机不知道出了什么事，“吱——”地一声把车停下，姑娘一开门就跳下了车。司机一看这人坐车居然不给钱？就追下了车。两人一前一后在马路上就赛开百米了,姑娘心里害怕跑得特别快,司机讨钱心切,速度也不慢。

这情形让路边值勤的巡警看到了,还以为是司机在耍流氓呢,上去就把两人截住。一问情况,司机说姑娘坐车不给钱,姑娘说司机养老虎吓人,应赔偿精神损伤费,两个人各说各的理。为了证实车上是否有老虎,巡警带着两人返了回来。

再说这边,老虎因为车门一开有凉风吹进来,肚子里的酒就往上翻,它跳下车,窜上路边儿童商场的台阶,脑袋还是闷乎乎的,就站在那儿发开了愣。正好一群外国人背着照相机来儿童商场买东西,看到台阶上一动不动的老虎,以为是一座玩具雕塑,都围了上来,有个胖女人还伸手摸了一下老虎:"OK,中国人真了不起,OK!"

这时候,外国游客纷纷举起相机按动快门,有的还跳上台阶想和老虎合个影。

正热闹时,巡警和司机,还有那姑娘,已经走近过来,巡警一看情况不好,边往前跑边喊:"快躲开!老虎要伤人的!"

话音还没落,老虎肚子里的酒翻了上来,一口吐在台阶下一个外国人的光头上,光头一摸脑袋朝天看了看,没下雨呀?再一看老虎张开大嘴正瞪着他,吓得"哇"一声撒腿就跑。边上几个外国人当然也不傻,跑起来比兔子还要快。

这情况很快就报到公安局,公安局一面派人围捕,一面与动物园联系,动物园值班的到虎房一查,老虎确实不见了,赶紧派人去找三毛。

三毛此时正在床上想心思,听到门外有响动,还以为是对象来找他,来人的敲门声一阵比一阵紧,三毛兴奋得跳起来就下地开门,这才知道是老虎出了事。他吃了一惊,风风火火地和大家一起来到大街上。

公安人员正准备用麻醉枪打老虎,可被三毛拦住了。三毛知道自己犯了错误,他想来个将功补过呢！三毛满以为老虎和自己交情深,他上去就想用手往回轰,哪知道老虎根本不认他的账,这时候老虎酒也醒了,一爪飞起直奔三毛的脸,三毛一闪身想躲开,可一只大耳朵却被老虎抓了下来。虽说老虎后来还是回了铁笼子,可三毛从此就只剩下了一只大耳朵。

（徐　洋）

通　知

　　贾参谋刚从基层调到机关，星期六下午他值班时，突然接到上级一个紧急电话："韩六明天早晨7点左右到，请你们务必提前做好准备。"贾参谋搁下电话，便赶忙向部队长作了汇报。

　　韩六是谁？全机关官兵谁也不知道，只听说最近上级指挥机关人事有变动。不便再向上级机关打听，就立刻通知下面各部队赶快做准备迎接。

　　忙活到半夜，才算有个头绪。大门口欢迎标语已高高挂起，欢迎词、汇报文字材料也由组织科加班加点赶了出来。

　　第二天一大早，部队哨兵全部就位，所有建制连队都集合在操场上。可是老天不帮忙，刮了一夜的风，气温骤然下降，到7点钟的时候，官兵们已经冻得嘴唇发抖，四肢麻木，只有两只眼球在转动。

可是8点都过了,还不见韩六首长的影子。眼见战士们冻得全身僵直而依然精神抖擞的样子,部队长便叫参谋长打电话请示。谁知没三分钟工夫,参谋长就跑回来报告:"首长没来,上级也不知道。"部队长生气地说:"这是怎么回事?"参谋长小心地说:"不过,指挥机关总值班室的确向各部队发过一次通知。"部队长忙问:"什么内容?""通知说寒流明天早晨7点左右到达本地区,请各部队务必提前做好准备。"

韩六——寒流,原来是这么回事! 部队长气得两眼发直,跺着脚对贾参谋说:"开什么国际玩笑,你,还回到基层去,啥时候把韩六变成寒流,再回来。"

(殷天堂)

一封电报

这件事发生在"文化大革命"那个特殊的年代。

一天,孙家的大门被敲得"嘭嘭"响,孙大妈刚拉开门,还没站稳脚跟,一群人就冲了进来,边四下里搜索,边大声嚷嚷:"说,你儿子呢?"

孙大妈一看都是几只熟面孔,平时居委会里一起工作的,今天这是怎么回事?

她战战兢兢地问道:"你们……"

来者个个铁板着脸,不理睬她。

屋子里被翻得一团糟,到头来这伙人什么名堂也没搞到,临走时甩下一句话:"老实点,别把我们当傻瓜!"

这到底是怎么啦?

孙大妈吓得心里"怦怦"直跳,她丈二和尚摸不着头脑,又不敢向人打听,一整天躲在家里心神不宁。

傍晚,好不容易把丈夫盼回家,本想赶快把事儿告诉他,谁知刚开口,就发现丈夫一脸灰白,神情呆滞。

孙大妈把要出口的话咽了下去,小心翼翼地问:"你……莫非……"

丈夫一屁股坐了下来,叹了一口气,摇摇头说:"不知超儿出了什么事,保卫科今天把我叫去,追着要我交代超儿最近干什么。唉,说好这几天到家的,难道会有什么意外?我两只眼皮都跳了一天了。"

原来,孙家夫妇有一个儿子,叫孙超,五年前到千里之外的塞北插队,已经在那里结婚生子。前两天,儿子来信说要带孩子回来看父母,说好买到票再打个电报来,可是夫妇俩左等右等,电报没等到,造反派却闹上门来。

真叫人心惊肉跳!

这一夜好像特别长,夫妇俩翻来覆去没合上眼。

第二天天刚蒙蒙亮,只听一阵"咚咚咚咚"急急的敲门声,夫妇俩你望望我、我望望你,吓得面孔都变了色。

最后两人相扶着一起去开门。

谁知门外竟站着儿子孙超和孙子兵兵。

孙大妈一把把儿子拉进房间,连声问:"出什么事了?"

孙超一脸诧异:"没、没事呀!怎么,家里出事了?"

"唉,"孙超父亲叹了口气,便把昨天家里和单位里发生的事说了一遍。

孙超如坠云里雾里:自己不是挺好的嘛?这次回来,请假、买票,都挺顺当,邻居还帮着打电报通知家里……噢,对了,会不会是电报惹的麻烦?

想到这里,孙超赶紧掏衣袋。朋友仔细,打了电报还留电文底稿,当时孙超忙着理行装,朋友把底稿交给他,他也没在意,随手朝衣袋里一塞,几乎都忘了。

孙超打开电文底稿一看,什么都明白了。

那上面这样写着:×日,超带兵进京。

在那个年代,这样写,无疑是想"造反"。所以,受到审查是必然的。

(孙思超)

啼笑劳模

市里为表彰先进，定于"五一"节召开全市劳动模范工作会议。市里分给扶水乡一个劳模指标，僧多粥少，扶水乡好不为难，经过几次研究，一致决定在乡政府内部抓阄定劳模！

这一抓定乾坤，自然也牵动了机关上下众多家属的心。这当中，有乡长他爸，有主任他妈，有书记他夫人，有科长他老婆……他们无不在为各自的儿子、丈夫捏一把汗。

会议室大，主席台远，里面的说话声很难听到，但好在玻璃是透明的，里面的一举一动可看得一清二楚。

不一会儿，抓阄开始了。首先抓阄的是办公室的杨主任，他伸手从一个精致的纸盒里抓出一个红纸团，拆开来看了看，摇摇头，随手就把纸丢了；第二个是李副书记，他看了一下抓到手的纸团，也摇摇头扔下，接下来，肖乡长、何干事、邓科长……一连十来个人下来，外甥打灯笼——照旧，幸运者没有降临。

轮到党委书记老孟了，只见他面带微笑，从盒内抓出纸团，拆开来看了看，突然间双臂上举，把那张纸在头顶挥了挥，嘴巴张得又圆又大，就像奥运冠军手举鲜花、欣喜万分地向人们致意……

"抓着了，抓着了！"孟书记这一举止乐坏了正在窗外窥探动静的孟夫人董东芳，她乐颠乐颠地往外跑。跑到外边，见邓科长夫人石玲正在浇花，便跑上前说："哦，我真是个劳碌命，你瞧，这次老孟又成了市劳模，往后不知又有多少事会让我忙着哩。"

石玲瞧着董东芳那得意样儿，不无醋意地说："哟！恭喜孟书记，他真是春风得意呀！"

"得哪门子意？人怕出名猪怕壮，老孟往后甭想过清静日子了。"说着，董东芳又向后转朝家属楼跑去。

她三步两步来到后勤部老刘的宿舍，屁股都没落座，就说："老刘，您上次不是说要托人到市里捎一台平价彩电吗？我家老孟过几天就要去市里开会，你就把这事托给他好了。"

老刘推了推鼻梁上的眼镜："孟书记当上劳模啦？可喜可贺！"

"塞翁失马，谁知是福是祸。我就担心他这把年纪，东奔西跑会累垮身体的。"

从老刘家出来，董东芳见传达室门口围了不少人，秘书小段也在那，就走上去说："喂，小段，我正四处找你。"

小段毕恭毕敬地问："您有事？"

"是这样的，"董东芳抬高嗓门，"老孟过几天就要去市里参加劳模会，要劳驾你赶写一些材料……"

"哎哟喂，"有个叫栾谈琴的尖着喉咙叫起来，"孟夫人，这么大的喜事，也该请大伙吃点喜糖吧？"

　　董东芳说:"应该的! 应该的! 走,大家随我来……"

　　大伙儿于是便嘻嘻哈哈地随董东芳往传达室对面的商店走去……

　　正在这时,孟书记从那边过来,见大伙围着董东芳"叽叽喳喳"像麻雀啄碎了蛋,不知出了什么事,忙过来问。

　　栾谈琴说:"孟书记,听说您当上了市劳模,大家要尊夫人请客吃喜糖哩!"

　　孟书记一听,脸就阴沉下来,没好气地说:"谁当劳模啦? 真是乱弹琴!"

　　董东芳以为丈夫谦虚,忙说:"你别客气了,抓阄那会,我在会议室窗口看得一清二楚。你一抓中那纸条,双臂就举得老高,嘴巴张得老大,怎么,这不是高中了吗?"

　　"荒唐!"孟书记一脸懊丧,说,"我那是伸懒腰打哈欠……"

(张安生)

选贪官

反腐倡廉

昨天,大古乡党委马书记到县里出席一个反腐倡廉的座谈会,会上,县委书记讲了话,他要求各部、办、委、局、乡、镇加大反腐力度,搞好自查自纠工作,并上报有腐败行为的典型事例。根据马书记的领会,好像是要"选"一名贪官。

马书记回来后把会议精神一传达,乡党委、政府一班人全都傻了眼:只听说过选劳模、选先进,还没听说过选贪官的。马书记连忙组织党委委员召开紧急会议商议此事,可事关重大,大伙都不说话。

见大家都一言不发,马书记只好挨个点将,他先问龙乡长:"龙乡长,你看这事怎么办?"龙乡长忙说:"我还没考虑好。"马书记又问常务副乡长老赵,老赵说:"我听马书记您的。"问其他委员,都说:"听马书记您的指示。"

一帮滑头家伙! 马书记生气了:你们都不愿得罪人,让我去得罪人? 他端起茶杯"咕嘟咕嘟"灌了一气。真空杯的容量小,喝了两口就剩茶叶了,马书记叫了声:"老胡——"

老胡是乡大院烧开水的。乡大院烧开水可是个累活,起早贪黑,又脏又累,干三天两早晨就把人吓跑了。断了开水,弄得乡大院里怨声载道,只得聘请了这老胡。老胡能干能吃苦,开水总算能保证供应了,可他还是个临时工。

这当口,老胡进来给马书记续上水,又给龙乡长、赵副乡长和其他几个委员一一续水,然后拿起桌上的烟,给每人发了一支。就在老胡把烟盒放到原处的一霎间,他那双滴溜溜转的眼睛盯住了马书记面前的烟缸,那烟缸里有一支马书记仅吸了两三口就掐灭的烟,还很长,老胡飞快地把那大半支烟掖在手里,然后若无其事地出去了。

这个动作,被在座所有的人都看到了,因为大家闲着无事,都在盯着老胡看。

"对了,我想起来了——"宣传委员小李忽然说,"咱们不如就选老胡算了,老胡有贪污行为! 有一天晚上,我下乡回来,看见老胡用板车拉了一车煤回去。虽然我只看到这一次,可肯定还有没发现的贪污行为!"

赵副乡长也说:"要说拉公家的煤,我倒是没看见,只看见过老胡偷公家的菜。那次我陪客,喝多了酒,跑到食堂后面去凉快一下,正好看见老胡把一个大篮子交给他老伴,里面的肉、菜都看得清清楚楚。"

众人听了,眼睛一亮,齐声说:"对,对,就选老胡!"

马书记皱着眉说:"可老胡不是干部,连一般的职工都不是,他是临时工呀!"

龙乡长这时说话了:"那也好办,前几天不是才下来一批招工指标吗？给老胡办一个，到时聘干还不是马书记您一句话？"

小李脑子灵活，说："对，让打字室马上打个文件，任命他当个干部不就行了？反正也是个空衔，只给县廉政办看，又不让别人知道。"这主意不错，在乡里提拔一个干部还不是小菜一碟？马书记点点头，文件立马就下来了，任命老胡为后勤办公室副主任。

材料很快报了上去，县廉政办对"胡副主任"作了免职处分。任务胜利完成，大家非常高兴，为此还在马书记内弟开的、全乡最好的馆子"好再来"摆了三桌，好好庆祝了一番。

不久后的一天，乡里又来了客人，给客人倒水时，发现暖瓶里没开水，马书记喊老胡续水，却没人应声。小李忙去锅炉房一看，只见炉子灭着，老胡却不见了踪影。好不容易才在后勤办公室找到老胡，只见他正跷着二郎腿、眯着眼听戏呢！小李责怪老胡："你怎么不烧水？客人都渴急了！"

老胡不紧不慢地说："我也是正式职工，我凭什么要侍候你们？"原来，老胡被免了"官职"，却保留了"公职"，他现在是乡政府里的正式职工啊！

小李一看老胡那模样，只好去把马书记找了来。马书记非常生气，训斥道："老胡，你想干啥？是不是不想干了？"

"你能把我咋了？"老胡跳了起来，腰一挺，头一扬，右巴掌在胸前一拍，叫道："我是贪官我怕谁！"

（一　冰）

深　思　篇

人生里有价值的事，并不是人生的美丽，却是人生的酸苦。

老钱下海

老钱想下海挣钱，就按一个朋友的指点，写起了通俗小说。他在机关里做秘书工作，文字功夫很好，就找了个搞公安的朋友，听了一些案例，据此编写编写，居然发表了不少。

这天晚上，老钱又在闭门造车，忽然闯进三个不速之客。进了门二话不说，纳头便拜，把老钱弄得莫名其妙："起来，起来，干什么呢？"

三个人站了起来，都是十六七岁的小伙子。为首的一个人称"黑皮"，他把两条"万宝路"、两瓶"剑南春"递上来，说："钱老师，我们是来拜师学艺的。"

原来是文学爱好者！老钱释然："坐，有什么问题，咱们共同探讨。"

黑皮说:"您的小说,我们都当成教材读了。只是有个问题弄不明白。比如拎了人家的包,人家在后边追,怎样处理才好?"

老钱拍拍桌上的一叠手稿:"我这里有个这样的细节:事先让同伙准备个包接应,碰撞一下,把包换掉,回头反咬失主诬陷好人!"

黑皮抻出大拇指:"还是老师高明!唉,如果早得老师指点,我上次也不至于栽进去。"

老钱一怔:"你说什么?"

黑皮说:"惹老师见笑了,俺哥儿们刚下水,毛嫩着哩。以后有老师指点,进步就快了。"

老钱大吃一惊:"你们是贼?"

黑皮反问:"老师不也是贼吗?"

啊!老钱两眼一黑,瘫倒在地上。

(曲范杰)

就怕乡干部

　　晚饭后,打谷场上要放电影,人们扶老携幼,端了凳子,都来观看。

　　天黑下来了,电影马上就要开映,场上的人已经坐得满满当当。这时,一个中年壮汉拍了拍前排看客的肩膀,小声问:"大叔,您是乡干部吗?"

　　对方说:"不是!"

　　"你家里有人是乡干部吗?"

　　对方说:"没有。"

　　"你的亲戚呢?"

　　对方说:"没有,他们中间没有一个在乡里工作的。"

　　"你的朋友或熟人中有谁在乡里工作吗? 比如给乡长当司

机什么的?"

对方说:"没有,我在乡里没有任何关系。"

中年汉子突然一推对方的后背,恶狠狠地来了句:"我说小子,抬一下屁股,你的凳子一直压着大爷我的脚呢!"

（曾　旗）

计谋

秘书小张跟着王乡长到下面检查工作。时近正午，天气又热，两个人走得口干舌燥，可沿途就是见不到一个卖茶水的。正当难忍之时，他们发现路边有一块西瓜地，于是便走了过去。

满地大大小小的西瓜散发着一股诱人的香味。小张看看四周，除了他和王乡长，再没有别人，于是他迅速摘了两个大西瓜，抱在怀里，径直走到瓜地中央的凉棚下，招呼王乡长道："乡长，快过来解解渴！"

王乡长跟着进了凉棚，但是他没有接瓜，他看了看四周，然后从口袋里掏出纸和笔，"沙沙沙"写了起来。写什么呢？小张凑过头去一看：

农民兄弟：

你好！我们是过路人，因为口渴，摘了你的两个西瓜吃。为了不损害群众利益，特留下十元作为买瓜钱，请你收下。谢谢！

过路人

×年×月×日

只见王乡长写好纸条，便从衣袋里掏出钱包，抽出十元钱，又随手从地上拾了一根草，将纸条和十元钱一起系在凉棚的撑柱上，非常显眼。

对照王乡长这一系列的动作，小张简直感到无地自容，幸亏王乡长倒是没拿他当回事，捧起西瓜一敲两半，大口大口吃了起来，他才宽下心来。

吃完西瓜后，王乡长拍了拍胀鼓鼓的肚子，四下里一看，自言自语道：“没有人吧？”边说边就动手去解那系在凉棚上的纸条和十元钱。他把钱塞进口袋，又将纸条撕成了碎片。

“乡长，你这是……”小张疑惑不解地看着他。

“你真是一个死脑筋！”王乡长点了点小张的额头，“我刚才是担心吃西瓜时正好遇着种瓜的来，现在既然吃完了，还是没有人来，这十元钱当然要收回了。”王乡长得意洋洋地回答。

（颜　芳）

征婚

有个叫蔡福的人,自小父母双亡,家中又无其他亲人可依靠,被生活所迫,十六岁的蔡福只得背井离乡,独自闯荡世界。一晃就过去了几十年,正当村里人快要忘记他的时候,蔡福突然回来了,大家都有点吃惊。更吃惊的是,蔡福这些年在外面,竟然挣回一百多万!

回村后不久,蔡福就请来乡建筑队,造了一座小洋楼,典雅豪华,气派非凡。当然,蔡福也有遗憾的事,就是这么多年在外面光顾挣钱,耽搁了娶妻生子,此时更是感到孤单寂寞。便有人给蔡福出主意,说如今时兴在报刊上登征婚广告,凭你百万财产,找一个大姑娘不成问题。

蔡福心想:这倒是个可行的办法,对,要娶就娶个黄花闺女。

于是他便请人写了一则征婚启事:蔡福,男,六十二岁,未婚,拥有小洋楼一座及存款百万,欲觅一年轻貌美的未婚女性共度此生,有意者请与某省某县某乡某村本人联系。

但启事在地区报登出数日,却没有一点音信。

蔡福有些失望,想了两个晚上,似乎悟出了其中的原因。于是,他将征婚启事中自己的年龄减去十岁,改为五十二岁,其余内容不变,重新见报。可是又过了很多天,仍然是一点音信都没有。

蔡福一咬牙,把征婚启事中自己的年龄又减去十岁,改成了四十二岁,然后连同刊登费用一起再寄给了报社广告部。

几天后,报社寄来了登有征婚启事的样报,蔡福已懒得拆阅,便随手扔到了一旁。

过了几天,应征信果然似雪片般飞来,应征者大多是美若天仙的未婚女青年,有不少人还附了彩色照片,那照片上的美人儿都朝蔡福作含情脉脉状。蔡福心中大喜,自言自语道:还是四十二岁有威力啦! 于是对应征者逐一审视,择优"录取"。

蔡福正陶醉在"美人"堆里时,邮递员忽然送来报社的一封便函。蔡福连忙打开来看,只见上面写着:蔡福先生,因编校差错,日前刊登您的征婚启事,年龄四十二岁误为九十二岁,特向您致歉,本报并将在近期予以更正。

看完信,蔡福真是哭笑不得!

(吉凤山)

谢谢提醒

　　一辆出租车,被一胖一瘦两个歹徒劫持了。两名歹徒一侧一后用匕首顶住了司机,"识相点,把钱都掏出来,不然要你的命!"司机全身一阵颤抖,哆哆嗦嗦地摸出一张百元钞票和几张零票。

　　"他妈的,才这么点? 不老实就捅死你!"旁边的胖歹徒用匕首顶了顶司机,司机拼命地摇着头,哆嗦着翻遍了所有口袋,让歹徒过目。

　　后面的瘦歹徒有些扫兴:"真不值,才这么点钱。"胖歹徒看了看吓得浑身打颤的司机,一咬牙说:"一不做,二不休,把车给弄走,有个伙计在前面不远处开个修理厂,把车弄到那儿去。""可咱不会开呀?""这不是有会开车的吗? 到了那里就把他……"胖歹徒向同伴做了个抹脖子的动作。

司机听两个匪徒嘀咕着,深知不会有好果子吃,一时间惊恐得连方向盘都掌握不住了,车子左右摇摆着,险些冲出公路,两歹徒吓得张大着嘴,紧紧地抓着扶手。

"伙计,不要害怕嘛!"惊魂未定的胖歹徒尽量用缓和的语气对司机说,"我们也是人,又不是老虎,看能把你吃了? 像你这样害怕,车翻到沟里,咱们都得玩完。"

后面的瘦歹徒也跟着帮腔:"拿出点男子汉的气魄来,看你身体那么棒,怎么胆子却小得像个老鼠。"

汽车稍稍稳了点,司机也不像刚才那么颤抖了。胖歹徒一看有门,继续给司机打气,壮胆:"对,对,这还差不多,有点像男子汉了。堂堂男子汉,顶天立地,我们也没有三头六臂,有什么值得害怕的?"

果然,司机镇定下来,双手紧握方向盘,汽车又快又稳地奔驰着,两歹徒挤眉弄眼,暗自窃笑,对司机说:"现在感觉好多了吧,不再害怕了?"话音未落,只听"吱……"地一声急刹车,措不及防的两歹徒被撞得眼冒金星,只见司机飞快地摸出一把扳手,大喝一声:"谁敢动老子的车,老子就要谁的命!"

(刘小红)

找
关
系

　　全球公司的包经理最近几年迷上了搞关系,他无论干什么,都要找关系、走后门。

　　一天,全球公司又遇到了财政困难,财务科长愁眉苦脸地对包经理说:"经理,我们公司这个月又发不出工资了! 银行的贷款也到期啦,账号上只剩下不到一百元钱了……"

　　包经理刚陪一个关系户喝完酒,他醉眼惺忪地打着饱嗝儿说:"你不要着急,我这就去找找关系,这点小事儿,好解决!"

　　包经理坐着那辆通过关系买来的林肯牌小轿车,首先来到了银行,那里的一个"关系户"听包经理说明了来意后,十分为难地说:"你们单位这些年一直不见起色,行长已经下令,不准再给你们贷款了。"

包经理满不在乎地说："不就是行长不同意嘛,咱们再找找关系,我不信他行长就没有几个关系好的铁哥们儿!"

这个"关系户"一听,立刻顺水推舟地说："我给你写个条子,你去找我的一个朋友,他是我们行长的一个铁哥们儿,由他出面和行长一说,你的问题准能解决!"包经理得意地说："我就知道没有过不去的火焰山嘛!"

包经理拿着这个关系户写的条子,找到了那个"行长的铁哥们儿"。那人看了看包经理递来的条子,十分痛快地说："我给你写个条子,你去找小赵,这个小妞儿神通可大了,她让行长趴着,行长都不敢站着!"

问题虽然没得到解决,但包经理仍然信心十足,他确信凭他这些年在本市精心结下的一道道关系网,天大的问题也难不住他!

包经理兴冲冲地拿着条子找到小赵的时候,这位年轻漂亮的小姐正在打电话。包经理耐着性子,足足等了二十分钟,赵小姐才放下电话,极其优雅地点上一支香烟,慢慢地吸了一口,拿腔作势地问道:"你有事儿?"

包经理连忙递上条子,说:"请赵小姐帮忙!"

赵小姐眯缝着眼睛看了看条子,说:"对不起,我今天还有一个应酬,不能帮你的忙。我给你写个条子,你去找钱先生吧,他一定能办成这件事!"

赵小姐龙飞凤舞般地很快写好了条子,包经理高高兴兴地拿着,在一栋漂亮的小别墅里找到了钱先生。钱先生正在陪几个朋友搓麻将,他又让包经理去找孙老板,据说他是银行行长的亲舅舅!

包经理信心十足地找到了行长的舅舅,这位行长的舅舅说:"我给你写个条子,你去找……"

就这样,包经理坐着林肯牌小轿车,拿着各个"关系户"写的条子,足足跑遍了大半个城市,最后来到了冯先生的办公室。这位冯先生不认识包经理,可是他们俩却像老朋友那样热烈地握手,彼此都说:"幸会,幸会!"一张张"关系户"写的条子,已经把他们俩紧紧地连在一起了!

冯先生说:"我给你介绍一个朋友的朋友,他在咱们这个城市里路子最广了! 他看了我的这个条子,一定能帮你办成这件事!"

包经理接过条子一看,差一点没哭出声来:冯先生让包经理去找的那个朋友的朋友,竟然就是包经理本人!

(崔新三)

老实人

刘老实是单位里公认的老实人。

他每天按时上下班，从不迟到早退。他的面部表情每天也都一样，既不特别高兴也不特别生气。所以，他既不得罪别人，别人也得罪不了他。

这一年，系统里开运动会，单位员工齐心协力，捧回了个第一名。

大家都兴高采烈，只有刘老实面无表情，大家就不理解地问他："我们得了第一名，你怎么不高兴啊？"

刘老实反问："这事有什么值得高兴的？"

这一下，倒把不少人给问住了。

大家总结半天，才把答案告诉他："这是集体的荣誉，你是集体的一分子,所以你有理由高兴呀!"

刘老实一脸严肃地说:"得不得第一名是集体的事,高不高兴是我的事。我不高兴,集体不还是一样得第一名。"

大家不死心,又说:"得了第一名,每个人可以发一床毛毯,这难道还不值得高兴吗?"

刘老实说:"已经得了第一名,毛毯就肯定要发,这是顺理成章的事,也不值得高兴。"

大家实在无话可说,只好朝他叹气:"你这人,真是老实得可以!"

几天以后,一个醉醺醺的酒鬼冲进刘老实的办公室,二话不说,就把刘老实痛打了一顿。

当时很多女同事都看到了这个场面,刘老实不卑不亢,不遮不拦,就好像他欠了那人什么似的。

后来才知道,那个酒鬼是打错了人。

大家就开始埋怨刘老实了:"你这人怎么这么老实呀!人家打你,你就让他白打?"

刘老实理直气壮地说:"他喝醉了,总得找个人打吧? 他要不打我,也会去打别人,打谁不是打呀?"

"那你也不能打不还手呀?"

刘老实摇摇头:"那人比我壮,力气也比我大,我还手也是白搭,还不如让他打个痛快。"

大家又无话可说了,只好叹口气:"你这人,真是太老实了!"

又过了没几天,单位下来了涨工资的名额。领导们为分这几个名额着实为了难,单位里要"照顾"的关系实在太多,刘老实这样的老实人自然不在考虑之列了。

涨工资名单公布的那一天,单位里所有人对刘老实的老实才有了重新认识——

整个上午，刘老实都拎着一把特大的扳手，边比划边在各个局长的办公室里咆哮："你们这群混蛋！为什么不给我涨工资？瞅我老实是不是？别人我不管，少涨我一分钱，我让你们全都变成残废！"

（吴卫捷）

拍肩膀

　　现在升官发财的各有各的门道,我这里讲的是一个因拍肩膀而升官的故事。

　　王强是一个无业青年,最近想给县委书记关露送礼,通过精心的侦察,他不但找到了关书记的住处,而且还摸准了关书记的出行规律。等一切水到渠成之后,就开始送礼了。

　　当然,每次送礼都瞅关书记的太太关夫人单独在家。

　　一来二去的,关夫人就和王强混熟了。这天,王强又送礼来了,关夫人就叫王强在家里坐一坐,并且主动问他是哪个单位的,想找关书记帮什么忙。

　　王强憨厚地咧嘴一笑,对关夫人说:"我没有单位,我找关书记帮的忙也很简单,就是想请关书记能当着别人的面,拍拍我的肩膀就行了。"

来关书记家的人很多,可想这样帮忙的人,还从未见过。关夫人笑了,打趣道:"找关书记拍肩膀有什么用? 他又不是按摩师,能给你治病?"

王强一听,忙立起身,说:"不,能治病,他拍我肩膀的话,就能治好我哥的病。"

这么一说,关夫人更感到好奇了,忙叫王强坐下,对他说:"你给我说说,这到底是怎么回事?"

王强又老老实实地坐下,仍是做出一副憨相,说:"是呀,只要关书记拍拍我的肩膀,他就能把我哥的病治好。你不知道,我哥那人可真不像话,他在一个机关工作,就因为县里的一个什么姜部长拍了他几次肩膀,他就在家里狂得不得了,每次吃饭的时候,老人还没上桌,他就一个人先吃开了,还动不动跟老人发脾气,吼得两个老人不知有多么可怜。谁要跟他讲理,他就傲气十足地说:你们算什么? 我可是人家姜部长拍过肩膀的人。实在没办法,我就只好请关书记开开恩,高抬贵手,当着别人的面,拍拍我的肩膀,关书记的官肯定比那个姜部长的要大,只要关书记一拍我的肩膀,就准能把我哥狂妄自大的劲儿给拍掉,我们家里也太平了。"

这一席话,说得关夫人一会儿点头,一会儿摇头;一会儿摇头,又一会儿点头。一切都像是天方夜谭似的,但她不由得不相信眼前的这个老实人,于是就叫王强先回去,拍肩膀的事以后会考虑的。

晚上,丈夫开会回来,关夫人就和他添油加醋地说了此事,逗得丈夫也乐了。见丈夫有些心动,关夫人就安排了一次机会,让王强在关书记面前晃了晃,关书记就记下了王强的模样。

两个星期后,县委举办一个招待会,关书记端着酒杯,带着县委的一些头头脑脑,到各桌象征性地走一圈。就在第八张桌上,有一个年轻人径直走到关书记的面前,恭恭敬敬地说:"关书记,我敬您一杯酒!"关书记愣了愣,仔细打量了他一眼,就笑着点点头,和他干了杯,并且重重地拍了拍他几下肩膀,意味深长地说:"好!好!好!"

没过多久,关书记拍了肩膀的那个年轻人,被提拔当了副主任。

这个人是谁?王强?不是。这个年轻人是王强的哥哥。他们兄弟俩是双胞胎,长得一模一样。哥哥在一个机关工作,最近机关要提拔一个副主任,由王强哥哥和另外一个人竞争,可那人曾被姜部长拍过肩膀,希望很大,所以他们哥俩才设计了这么一个情节。

(陈大超)

说大话

　　负责脱贫工作的封县长在全县宣布过,也向上级保证过,说年底前实现全县山区脱贫。眼见年底就要到了,上级将到本县山区检查,封县长怕出纰漏,要事先亲自到偏远山区装模作样地安排一番,免得说的大话露馅。

　　不料,快到目的地时卧车翻下了山谷,同车人死的死、伤的伤,而封县长竟然没事。靠山谷里仅有的三户山民帮忙,将伤者抬走抢救。封县长留在出事地点,可山民家里都没装电话,封县长的手机在当地又没信号,对外联系中断,眼见天已经黑了,封县长又困又累,决定先在山民家借宿一夜,天亮再说。三户山民都十分贫穷,仅三瓜家有一张床,封县长决定在三瓜家的床上将就一夜。

　　三瓜家有四口人，两条被子，封县长和三瓜睡床上，盖一条被子。往常，封县长住宾馆还要挑带"星"的，还有小姐陪，可此情此景，也只能"忆苦思甜"了。

　　两人各睡一头，合盖一床被子，吹熄油灯睡觉。刚睡下不久，憋不拉几的三瓜就在那边说话了："领导，我要说大话。"他并不知道封县长的身份地位，只晓得坐小车的都是领导。封县长不明白这话是什么意思，寻思是三瓜要向他胡诌什么，便说："你想说就说吧。"

　　三瓜那边当即就发出了一串"响亮"，那串响亮转弯抹角的、"咿咿呀呀"地持续了好长时间。听过这串响亮，封县长方才知道三瓜说的方言"说大话"的意思原来就是"放屁"。可黑灯瞎火的，他没看到三瓜"说大话"前的准备动作：这一带山里人有个习惯，在被窝里"说大话"时，要把屁股闪到被子外面，再把脑袋蒙到被子里，这样做的目的一是爱惜被子，二是怕闻到臭味，当地人认为夜里闻到"大话"的臭味，第二天不吉利。三瓜"说大话"前通知封县长，目的是提醒他赶紧蒙上脑袋，以免闻到臭味。

　　没过好长时间，封县长也要"说大话"，他就入乡随俗，学三瓜的做法通知对方："三瓜，我也要说大话。"然后才开始动作。要命的是，他刚才没看到三瓜是把屁股闪到被子外"说大话"的，他的"大话"，全"说"在被窝里，而三瓜的脑袋正严严实实地蒙在被窝里呢，三瓜还以为在被窝里闻到的臭味是从外面传进来的呢，他一个劲地嚷着："我的天哪，多亏我把脑袋蒙得严实，要不，不被活活熏死才怪呢！"

　　三瓜的脑袋在被窝里蒙了整整一夜！

　　第二天早上起床，三瓜叫苦连天地对封县长说："这世上最臭的，就是你们当领导的'大话'了！"

　　　　　　　　　　　　　　　　　　　　　　（尹全生）

穷主任领奖

今天，乡里召开一年一度的总结表彰大会，一直穷得靠政府发救济款过日子的清风村，竟连中三元，一举夺得"无偷盗的安全村"、"无超生的先进村"和"无违章建筑的合格村"三项桂冠，在会场上引起了轰动。

乡长在宣布完三项得奖名单后，高声喊道："下面，欢迎清风村党支部书记兼村主任裘文波同志上台领奖！"说完，带头鼓起掌来。

但掌声停了好久，还不见裘文波上台领奖，办公室王主任在会场里找了一圈，也不见裘文波的人影。乡长心里想：这个裘文波，领扶贫款从来不耽误，领大红奖状，却连个人影也不见！真是扶不起的刘阿斗。

直到表彰会结束,开会代表散尽,办公室王主任在清理会场时,裘文波才慢慢走进会场。王主任没好气地问他刚才为啥不上台领奖,裘文波搓着手说:"我怕难为情,怕人家指着鼻子骂我呀。"王主任说:"你们的先进材料经过核实,是硬碰硬的,有什么好怕的?"

裘文波压低了嗓音说:"王主任,这事迹虽然是实在的,但我们是出名的贫困村,家家穷得叮当响,有什么好盗,有什么好偷?""那无超生呢?""那是因为穷,姑娘不嫁本村人,小伙子宁愿去'倒插门',村里只留下五六十岁的老太婆,还怎么生?"

王主任想了想,说:"那无违章建筑总是实在的吧?"裘文波说:"王主任,咱村青年人户口迁光,老房子都没人住,还造新房子做啥?"

"这……"王主任挠挠头皮,又说,"既然这样,你现在来做啥?"裘文波望了望奖状,红着脸说:"我看中了奖状上的几块玻璃。""玻璃?"王主任不解地问。"对,我们村办公室北窗的两块玻璃掉了几个月啦,西北风吹进来冻死人,我看这几块玻璃拆下来装上去正好。"王主任说:"那就把玻璃领去好了。"裘文波说:"不,奖状也要。"王主任问:"派啥用场?""我孙子明年上学读一年级了,奖状领来包新书正好!"

(王永冲)

谁没教养

　　刘彪开了半辈子卡车,最近被调到局里,专门负责给胡局长开小车。胡局长今年51岁,只比刘彪大三岁,可是他一开口,就叫刘彪"小刘"。刘彪一愣,这几年,他被人称惯了"老刘",乍一听,感到不入耳。可是一琢磨:人家胡局长无论从年龄上还是职务上都比我大,称我"小刘"也对,还显得我年轻呢。于是也就坦然接受了。

　　刘彪天天接送胡局长上下班,与局长家里的人也熟悉了,知道胡局长有个宝贝女儿,叫小敏,在念初一,他的夫人是一家外企的部门经理。

　　这些日子,胡局长到国外考察去了,正赶上局里分大米、苹果、食油,胡局长的一份理所当然就由刘彪来送。往常送东西,是他和胡局长一同回家，不论东西多或少，胡局长都是空手走在前，他则肩扛手提地跟在后面，进了屋，将东西一一地摆好后，胡局长就会说："小刘，歇会儿不？"刘彪就说："不了，我还得还车。"

今天，胡局长不在家，刘彪将一应物品扛到6楼后，只好摁门铃。门开了，露出了小敏的脸，小敏看见刘彪，就欢快地嚷开了："噢，是小刘呀！"

刘彪一愣：怎么，你也称我"小刘"？你别是发烧说胡话吧，我和你爸爸的岁数相当，你怎么能叫我"小刘"？但是刘彪转而一想，这一定是小敏口误了，咱别跟孩子计较。

刘彪将东西提进门，正要问放在什么地方，小敏张嘴："小刘，你把苹果放在冰箱后面。"

又是"小刘"！刘彪就感到有股子火直往上蹿，他没好气地"咄"地将苹果放在冰箱后面，对着小敏一点头，问道："阿姨，其他的呢？"

小敏一听，愣了，但是随即"格格格"地笑着，冲里屋嚷道："妈，妈，这小刘叫我阿姨，你说逗不逗？"

局长夫人在里屋答应道："你别跟他一般见识，他只是个司机，没有什么教养的。"

局长夫人的声音不大，但是刘彪听得真真切切，他想哭，哭不出，想笑，也笑不出。他真有点弄不明白了：怎么，我倒是成了没有教养的了？

（祖　斌）

www.ingramcontent.com/pod-product-compliance
Lightning Source LLC
Chambersburg PA
CBHW060830120626
46557CB00001B/446